Anne Weber

August

Ein bürgerliches Puppentrauerspiel

S. Fischer

Die Autorin bedankt sich beim Deutschen Literaturfonds e.V. für die Unterstützung.

MIX
Papier aus verantwortungsvollen Quellen
FSC® C014496
FSC
www.fsc.org

Satz: Dörlemann Satz, Lemförde
Druck und Bindung: GGP Media GmbH, Pößneck
Printed in Germany
ISBN 978-3-10-091061-5

Prolog

Wie komm ich in die Zukunft?
Einfach hinsetzen und warten
schaut nicht so aus aber
geht langsam vorwärts
glaub mir ich
klemm schon länger
im Gletscher Zeit. Und

wie gehts in die Vergangenheit?
Augen zu und mit dem Kopf
durch die Zweihundertjahre-Wand.
Erstmal Tankstelle weg
Baumarkt weg Lidl weg
Gewerbegebiet 1 und 2
Autobahnzubringer
Buchenwald-Gedenkstätte
wegwegweg.
Unsre Stadt soll schöner werden.
Dann: deutschen Bildungsbürger holen
Zauberwort ins Ohr flüstern (»Weimar!«)
drei Minuten ziehen lassen und
wo eben noch Fußgängerzone war
versinkt der Frauenplan wie
ehedem im Schlamm.
Zwei Bedienstete tragen
Goethe herum.

Die Rollen sind verteilt
das Stück ist geschrieben
bleibt nur noch paar Pappdeckel
zu bemalen und einzwei Halstücher
zu einem sagen wir Wams
umzuschneidern.
Ich spiel den Wilhelm Meister
hol die Puppen aus ihrem Versteck
und ziehe die Fäden.

Und wer spielt mit?
Da hätten wir zunächst einmal
Brust raus Bauch rein
den Dichter Goethe
Hände überm Steiß da
wäscht eine die andere
bißchen Öl in die Gelenke könnte
nicht schaden na
brauchst gar nicht zu lachen
die gepuderten Haare hättest du
auch getragen nur würdest du
wohl kaum den west-östlichen
Diwan nicht mal die zahmste
Xenie geschrieben haben.
Leider war Goethe nicht dazu zu
bewegen für die Dauer der
Aufführung die Fürstengruft
gegen ein Puppentheater
einzutauschen.
Da er aber auch ist wo er
nicht ist machts nichts.

Daneben
also gut dahinter oder
meinetwegen darunter
haben wir die kugelige
Christiane Vulpius
genannt Vulpia.
Durch diese Vulpia
quält sich fünf Tage lang
unsere Hauptperson
(im Hauptberuf Nebenperson)
ans Licht. Von nun an
gibts keinen Weg
zurück. (Ganz allgemein ist
der Rückweg ein Trug
eine Erfindung des
menschlichen Geistes zu
seinem eigenen Trost und
alles was sich als Rückweg
ausgibt ist am Ende
doch nur wieder ein neuer
Hinweg.) Goethe filius also
getauft auf den Namen
August was bedeutet der
Erhabene na daß aus dir
nichts werden würde
hätte man sich denken können
hat man sich auch beizeiten gedacht
bist zwar ganz stattlich geraten
aber mit dem einen Fuß an die
Mutter-Kugel mit dem andern
an das Goethe-Gestirn gekettet

spreizt du deine unteren
Gliedmaßen in jenem tolpatschig-
schmerzlichen Spagat von dem
man sehen wird ob er wenigstens
als Gegenstand eines Puppen-
Trauerspiels taugt.

Und nun noch ein paar Nebenfiguren
(im wirklichen Leben ebenfalls
Nebenfiguren) die früher oder
später auftreten oder auch
wegfallen können: die zwei
Goethe-Faktoten Riemer
und Eckermann Charlotte von
Stein Ottilie von Pogwisch Augusts
Frau aus altem preußischen Adel
mitsamt ihren Liebhabern von denen
besonders Sterling und Des Vœux
(beide Engländer und mit Vornamen
Charles) zu nennen wären
sodann dreimal Meyer einmal der
sogenannte Kunschtmeyer der Goethe
in ästhetischen Fragen usw. dann
ein Arzt Nicolas Meyer der mehr mit
Christiane und schließlich der
Maler Meyer aus Dresden sodann
die Großmutter Aja und deren Erbstück
bzzzzzzz die leidige Bremse
Bettina von Arnim nicht zu vergessen
auch Ernst von Schiller Sohn
seines Vaters und Charlotte von

Schiller Frau ihres Mannes
zudem wenn es sich irgend
bewerkstelligen läßt Wieland und
Herder. Ach und dann natürlich
Adele und Johanna Schopenhauer
respektive Arthurs Schwester und
Mutter sowie Ferdinand Heinke
preußischer Premierleutnant.
Und wer jetzt vergessen wurde
wird entweder vergessen bleiben
oder um vorgestellt zu werden
auf seinen Auftritt warten müssen.

Bevors losgeht noch
einige kleine Präzisionen:
Die auftretenden Personen
haben die Eigenart
tot zu sein. Mit viel Mühe
konnten sie wachgerüttelt
und schließlich überredet werden
momentweise über den eigenen
Schatten zu springen der das
einzige ist was ihnen bleibt.
Aber niemand wird ihnen
übelnehmen wollen wenn der
Tod sie manchmal übermannt
und in unerreichbare Ferne
rückt. Auch konnte von ihnen
nicht verlangt werden sich im
Wachzustand dauerhaft in das
starre Kostüm dieses oder jenes

Lebensalters zu bequemen so
daß wir sie je nach Befinden
und Laune bald jung bald tot
bald alt bald lebendig vor uns sehen.
Hingegen gelang es mühelos sie
dazu zu bewegen die längste Zeit
an einem Ort zu verharren wie sie es
zu Lebzeiten auch schon gehalten haben.
Mehr Einheit war nicht zu bekommen.
Jetzt los

Eins

1

Chor aus alten Weimarern:
Wir waren vollauf damit beschäftigt, uns ruhig zu verhalten und nicht in Panik zu geraten, denn wahr ist: Wenn man das Ohr an den Boden hielt, spürte man vom Westen her das große Beben, das bis heute anhält und voraussichtlich bis morgen. Eine unvorsichtige Bewegung und auch bei uns wäre das Pulverfaß auf dem wir saßen aber wir hielten still, den Blick geradeaus auf die Klatschspalte gerichtet, aus der hervorging, daß am Weihnachtstag des Jahres 1789 in Weimar ein Knabe geboren wurde. Kein Engel hatte seine Ankunft verkündet. Der Knabe war eines jener Kinder die aus Versehen in die Welt gelangen und froh sein können, wenn sie nicht in der ersten Freude in dulce jubilohoho ertränkt werden. Die Mutter hörte auf, Stoffblumen zu fertigen und wurde in den Stand der Haushälterin und Geliebten des Geheimen Rates von Goethe erhoben, wofür sie ihm ein Leben lang Dankbarkeit zollte. Verdienter konnte man sich tatsächlich um ein geschwängertes Mädchen nicht machen, und verdienter konnte sich übrigens auch kein Mädchen um seinen Geheimen Rat machen. Hatten wir nicht oft genug Gelegenheit zu beobachten, wie sie ihn hätschelte und stopfte? War ihr nicht jeder seiner Strümpfe, jede seiner zu plättenden Halskrausen ein Heiligtum? Aber auch das wurde ihr noch zum Vor-

wurf gemacht. Ein großer Dichter sei keine Mastgans, hieß es. Natürlich versuchten wir sie vor den bösen Zungen zu verteidigen, wobei man sagen muß, sie machte es einem nicht leicht, das tanzwütige Trampeltier. Man mußte es trampeln lassen bis es umfiel, und am nächsten Morgen voici das Stehauf-Frauchen wieder im Garten bei seinen Rüben. Zur Zierde gereichte dem Dichter die tolle Blutwurst nicht, das wird niemand leugnen können. Und ganz reinlich war sie auch nicht immer angezogen, aber natürlich gibt es Wichtigeres im Leben und wen störte das schon. Im Westen versuchten die Franzosen derweil, das von ihnen angefachte Feuer mit ihrem eigenen Blut zu löschen. Bei uns wurde das Töten gleich ein Kinderspiel. Goethe bat seine Mutter, in Frankfurt eine jener gerade auf den Markt gekommenen Spielzeug-Guillotinen für ihren kleinen Enkel zu beschaffen, was diese aber entrüstet ablehnte. Achtzehntes und neunzehntes Jahrhundert geben sich die Klinke in die Hand. Wir sitzen im Schloßpark auf einer Bank.

August singt:
So wie ich damals sprach
kann ich nicht sprechen
es ist mir als hätt ich
meine Sprache vergessen

Und bin doch ganz
derselbe geblieben
der kleine August
ins Später getrieben

Weißt du noch Mutter
wie wir heulten
auf der Kötschauer Wiese
und wie wir uns freuten

Wir standen im Gras
und ließen die Augen
mit dem Vater auf den
Hügel schaukeln

Er saß in der Kutsche
wir blieben zurück
hielten uns an der Hand
und rannten ein Stück

Bald hatt ich im Netz
einen Schwalbenschwanz
und einen Totenkopf
der mit der Mutter tanzt

Christiane:
Wir hatten andere Worte im Mund. Die Stimme ist mir abhanden gekommen, aber das Gedächtnis ist noch da. Wie wir am Wegrand standen und dem Vater nachschauten, weiß ich noch sehr wohl und werd es sicher noch ein paar Jahrhunderte in Erinnerung behalten. Der Vater fuhr weg, der Vater kam wieder. Wir schlachteten eine Gans. Einmal standen wir an der Ilm und sahen den Enten beim Tauchen zu. Die Enten hatten gar keinen Anstand und streckten allesamt ihre Hinterteile senkrecht in die Luft. Und weißt Du noch,

du warst dreieinhalb, als du dir alle Zähne ausreißen lassen wolltest, damit dich der Vater nur ja lieb habe? Ich hab gesagt, die fallen früher oder später schon von alleine aus und der Vater hat dich auch so lieb, du Dummerchen, aber du fandst es sicherer für alle Fälle ein paar Zähne zu opfern. Ich selbst hätte ihm alle Zähne Haare Beine Arme oder was sonst opferbar geopfert. Das wollte er nicht. Und wie schön er sprechen konnte! Auch haben längst nicht alle Dichter so eine schöne Stimme und so volles Haar.

Charlotte von Stein:
Ja wo die Liebe hinfällt, meine Gute
da erschlägt sie eine, manchmal auch
zwei Fliegen mit einem Streich.
– Ein hübscher Junge war er schon
der August. Und wer wird auch einem Kind übelwollen.
Wie er da vor mir stand mit seinem Korb Spargel,
der arme Wurm, und die Grüße vom Herrn
Geheimrat ausrichtete, das war schon geschickt eingefädelt,
aber bei aller Artigkeit, große dunkle Augen hin,
braune glänzende Locken her, die Mutter, Verzeihung,
konnte er nicht verleugnen. Einmal gab ich ihm
eine Münze und damit Gelegenheit
Kopf und Zahl seiner Geburt vor mir zu entblößen.
Er freute sich und preßte seine Lippen darauf.
Ich gab ihm eine zweite Münze und er rief
Alle Wetter! Die vornehme Geste ganz der Vater,
das Gewöhnliche im Ausdruck ganz die Mutter.
Beides lebte in dem Jungen nebeneinander her
wie im Garten die Rose neben dem Klee.

Chor:
Das mag stimmen, aber ebenso wahr ist, daß Geldküssen inzwischen aus hygienischen und ideologischen Gründen verpönt ist, sodaß heute Ihr Urteil höchst wahrscheinlich umgekehrt ausfallen würde.

Charlotte von Stein:
Schon möglich, wenn ich auch nicht ganz einsehe, was das an meinem damaligen Urteil ändert. Ich sage ja, es war ein guter Junge.

Ernst von Schiller:
Wenn ich auch etwas dazu sagen darf, mich hat er einmal, nur weil ich mir seine hölzerne Trompete ausgeliehen hatte, in den Bauch geboxt.

2

Chor:
Würden wir mit einem Schlag, beim ersten Öffnen der Augen, unsere Lage, die allgemein-menschliche und unsere besondere, erfassen, wir würden uns ein für allemal entmutigen lassen. Auch ist die Natur genötigt, Kinder eine Zeit lang in eine geistige Dunstglocke zu hüllen und ihnen die Umstände ihrer Zeugung, deren Verstrickung in eine Epoche, in deren Urteile und Zwänge, fürs erste zu verschweigen. August braucht lange, bis ihm klar wird, daß er nicht ein drittes Bein oder ein dritter Arm seiner Mutter, sondern ein an nichts und niemanden angewachsenes und von allen anderen Geschöpfen für immer abgetrenntes Einzelwesen ist. Daß er an den Vater nicht angewachsen ist, oder vielmehr dieser nicht an ihn, wird ihm schon früher zu Bewußtsein gekommen sein, denn der Vater ist gegen die Franzosen in den Krieg gezogen, um die Farben zu studieren und am Frauenplan bekommt man ihn nicht oft zu Gesicht. August weiß in seinen ersten Lebensjahren nicht, daß sein unerwünschtes In-die-Welt-Kommen aus seiner ledigen Mutter eine Hure und Fast-Straftäterin macht. Er weiß nicht, daß der hohe Stand seines Vaters diesen davor schützt, für das gleiche oder vielmehr ein symmetrisches Vergehen zur Rechenschaft gezogen zu werden. Er weiß noch nicht einmal, so unwahrscheinlich das aus heutiger Sicht auch klingen mag, wer Goethe ist.

August singt:
Ich weiß in welche Richtung
die Erde sich dreht
weiß was zwischen mir und
den Hofdamen steht

Ich weiß die Namen sehr
vieler Steine
Himmelsmehl Weltauge
Karfunkel Kreide

Ich weiß wie man Mäuse und
Maulwürfe fängt
weiß wie der Kutscher die
Pferde lenkt

Die Geschwister weiß ich
sind allesamt tot
ihre Raupenleichen
essen kein Brot

Ich weiß daß die Glocke
zwölfmal schlägt
und die Sonne sich alle
Tage bewegt

Wie ich noch atmen soll
ohne ihr Licht
wenn die Mutter tot ist
das weiß ich nicht.

Charlotte von Schiller:
Ein guter Junge, gewiß, wer wollte das leugnen,
aber wie mein verstorbener Mann oder vielmehr Gemahl
und ich immer sagten, Veranlassung zu Freude
oder gar Stolz hat er nun einmal in
keinem Jahrhundert gegeben. Mitleid war noch das
edelste der von ihm erweckbaren Gefühle.
Mein Vater ist Goethe! leuchtete es aus
seinen Augen. Und deine Mutter eine Wildsau!
leuchtete es aus unseren Augen zurück. In
Anlehnung an die Definition der Kugel
durch den Naturforscher Lorenz Oken
– derselbe übrigens, der etwa zeitgleich mit
Goethe und dem französischen Arzt Vicq d'Azir
den Zwischenkieferknochen entdeckte –
man fragt sich, warum alle Mannsleute damals
gleichzeitig an diesem Knöchelchen nagen – also
in Anlehnung an die Oken'sche Definition der
Kugel nannte ich die Vulpia das runde Nichts.
In späteren Zeiten wurde vor allem die
Mozart-Kugel bekannt; ich kann von mir
sagen, daß ich mit einigem Erfolg die
Goethe-Kugel in Umlauf brachte.

Chor:
Jetzt schaut euch an, wie sich dieser Derwisch oder Irrwisch oder Staubwisch nächtelang die Sohlen durchstampft! Die Studentenburschen, die mit Christiane tanzen, halten sie unverhohlen zum Besten. August sieht weg. In altdeutschen Schriftzügen steht auf seinem Kindergesicht geschrieben, daß er sich maßlos

für sie schämt und sie umso maßloser liebt, je mehr er sich schämt. Um der Scham zu entkommen, schießt er in die Höhe. Sie werden sehen: Noch bevor der erste Aufzug zu Ende geht, wird er einen halben Meter zugelegt und seinen sechzehnten Geburtstag gefeiert haben.

Christiane singt:
Ich dreh mich im Kreise
auf mancherlei Weise

Die Männer umschwirrn mich
wie Fliegen den Kot

Bin fröhlich und wäre
doch gerne tot

Tanz mit mir, tanz mit mir
tanz mit dem Tier

Totenkopf Hefezopf
eins zwei drei vier

3

Chor:
Einmal sahen wir August, vom Vater mit einem kleinen Präsent versehen, langsam zum Garten der Frau von Stein hinübergehen. Durch das Gitter des Gartentores erblickt er einen kleinen Jungen, der mit einem Stecken gegen einen Haselnußstrauch kämpft. Aus den Augenwinkeln sieht der Fechter ihn näherkommen, hält aber erst inne, nachdem er in einer schroffen Ausfallbewegung, das rechte Bein angewinkelt, das linke nach hinten gestreckt, dem Gegner den Todesstoß versetzt hat. »Ernst von Schiller«, sagt er, sich aufrichtend, den Blick forsch auf den dunkelgelockten August gerichtet, der vor dem Bauch eine von einem frischen Leintuch bedeckte Schale mit Erdbeeren trägt. »August Goethe«, erwidert dieser halblaut. Man hat ihm erlaubt, sich Goethe zu nennen, aber er wills auch nicht übertreiben, und so läßt er das »von« wohlweislich weg. August ist sieben Jahre alt und könnte es niemandem erklären – was auch völlig unnötig wäre –, aber er weiß über sich und seine Herkunft Bescheid. Er denkt nicht nach über die wehrhafte Natur der Brennessel, die Zärtlichkeit des Lufthauchs, aber er fühlt sie an seiner Wange, an seinen bloßen Beinen. In der Freundlichkeit der vornehmen Dame, zu der man ihn schickt, spürt er noch eine andere Überlegenheit als die der Erwachsenen, auch eine Kälte, die bei aller

Selbstbeherrschung nach außen dringt. Beim Spielen vergißt er dann die strengen Augen, die ihm durch den Garten folgen. Ein paar Tage später, wir sitzen wie fast jeden Abend im Theater, kommt August an der Hand seines Onkels Vulpius herein, der auch ein Dichter ist, aber kein ernstgenommener. Es ist nicht das erste Mal, daß wir den Jungen im Theater sehen. Zwischen lachenden und lärmenden Zuschauern hat er schon oft neben seiner Mutter im Parterre auf einer Bank gesessen und die in fremde Worte drapierten Schauspieler hin- und herstolzieren sehen. Diesmal aber darf er neben dem Vulpius-Onkel in der väterlichen Loge sitzen, während der Logen-Inhaber zu Hause Besuch aus Berlin empfängt. Frisch gebürstet und in neues Tuch gekleidet, schaut August stolz auf die wogenden Schöpfe der gemeinen Zuschauer herab, die über das Parterre einen bewegten Flickenteppich breiten. Dann wendet er den Blick zu den Nachbarlogen. In einer davon erkennt er Frau von Stein und lacht ihr zu, hebt sogar zaghaft die Hand zu einem Grußansatz. Aber Frau von Stein macht heute mehr denn je ihrem Namen alle Ehre; nur ihre Augen blitzen zornig-verächtlich zu August herüber. Wir können ihm ansehen, daß er versteht, was er längst verstanden und nur für einen Moment vergessen hatte: daß er nicht hierher gehört. Aber das Stück beginnt und zieht ihn an einen anderen Ort, wo jeder sein darf, weil einen keiner sieht.

Anders als vom Sprichwort behauptet, fällt der Apfel mitunter erstaunlich weit vom Stamm. Der Stamm steht, der Apfel rollt. Steht der Stamm am Hang, rollt der Apfel davon, und wir lesen ihn aus dem Graben. Ein paar Jahre nach diesem Theaterbesuch haben wir Gelegenheit, einen Blick in das sogenannte Stammbuch zu werfen, das August von seinem Vater geschenkt bekam mit der Weisung, als erstes Schiller und Herder um eine Inschrift zu bitten. Rosen Tulpen Nelken, alle Blumen welken: In den letzten zwei Jahrhunderten ist das Stammbuch zum Poesiealbum für kleine Mädchen verkommen. Auch haben es die Kinder immer schwerer, einen Schlegel oder einen Fichte zum Verfassen von Sinnsprüchen zu bewegen. August hingegen ist von Geistesgrößen umgeben. Jeder, zu dem er das Album trägt, sieht den Sohn der Goethe-Kugel bestenfalls – seines zarten Alters wegen – mit freundlichen, immer aber mit höchst skeptischen Augen an. Aus den Album-Einträgen kann August ersehen, daß er die Skepsis, die ihm entgegenschlägt, nicht nur der gemeinen Natur seiner Mutter, sondern mindestens im selben Maße dem olympischen Wesen seines Vaters verdankt. »Einziger Sohn des Einzigen in unserem Zeitalter«, redet ihn Fichte an. »Zählen Sie mich unter diejenigen, die am aufmerksamsten beobachten werden, ob Sie würdig sich bilden des Vaters Platz einst auszufüllen.« Augusts Chancen, den Platz einst würdig auszufüllen, stehen, das würde wohl sogar Fichte zugegeben haben, denkbar schlecht. Eine Einsicht, die seither dadurch bekräftigt wurde, daß es auch in den folgenden zwei Jahrhunderten niemandem gelungen ist. Was August verstehen muß, wann immer er sein Stammbuch aufklappt und Fichtes Leitspruch liest, ist: Zählen Sie mich unter diejeni-

gen, die am aufmerksamsten beobachten werden, wie Ihre Unwürdigkeit mit wachsendem Alter zu Tage tritt und schließlich unleugbar wird.
»Des Theuren Züge tragend, erbe seinen Geist«, schreibt ihm, nicht viel ermutigender, Schlegel ins Album; ein Imperativ, den sich August liebend gerne zu Herzen nehmen würde, der aber, auf das Verb »erben« angewendet, bei allem guten Willen schwerlich befolgt werden kann. Kurz nach seinem elften Geburtstag, der Vater liegt krank zu Bett und die Buchen und Eichen stecken in ihrem hochgeschlossenen Hochzeitskleid, trinkt er an einem Abend siebzehn Gläser Champagner.

Intermezzo

Im 2. Aufzug gehts anders zu
die Weltgeschichte kommt
denen zupasse die immerzu
nach Handlung schrein besser
gesagt können wir davon
ausgehen daß diejenigen die
nach Handlung schreien
auch die Weltgeschichte
machen.

Die Schlacht vor Jena
hat Napoleon gewonnen!
Die Franzosen kommen!
Irgendwer kommt früher
oder später immer.
Napoleon ist ein großer
Staatsmann und Stratege
aber was hat er in
Gottes Namen in unserer
Speisekammer zu suchen?

Wer nicht in Wald und Feld geflüchtet
hat sich in seinem Eigenheim
verbarrikadiert. Sagen wir einfach daß es
jetzt passiert. Aufzug 2 Auftritt 1 Kamera läuft

Zwei

1

Weimar aus der Vogelperspektive. Die Kamera gleitet langsam über das Städtchen hinweg. An vielen Stellen sind brennende Häuser zu sehen, Menschen eilen durch die Straßen, von ferne hört man kurze Schreie und Gewehrschüsse. Die Kamera nähert sich dem Frauenplan, der voller lärmender, blutrünstige Lieder grölender Franzosen ist: »Mangeons, buvons, jouons, brûlons toutes les maisons!«

Schnitt. Die Kamera steht im Garten des Goethe'schen Hauses. Über der Gartenmauer tanzen die Spitzen der Bajonette wie ein verrückt gewordener Gartenzaun vorbei.

Schnitt. Immer noch im Garten. Großaufnahme von Augusts ängstlich-neugierigem Gesicht, über das der unweite Feuerschein hinwegflackert.

Schnitt. In der Küche. Zu sehen ist, wie Christiane zusammen mit einer Dienstmagd zwei französische Brigadisten verköstigt. Die beiden reden laut in ihrer Muttersprache miteinander, breitbeinig sitzen sie da, ein paar Flaschen Wein vor sich auf dem Tisch, einer der beiden faßt Christiane, die er für eine zweite Magd hält, um die Taille und versucht, sie an sich zu ziehen.

Sie wehrt ihn ab und entwindet sich geschickt seinen Händen.

Schnitt. Im Haus ist alles dunkel. Die Kamera wandert durch die Zimmer und Flure. Von draußen dringt gedämpft der Lärm der den Plünderern überlassenen Stadt herein. Dann das Geräusch von Schritten und gleich darauf zerbrochenen Porzellans. Die Kamera fängt die beiden Franzosen ein, die fluchend im Dunkeln die Treppe suchen und schließlich finden. Nachdem sie im oberen Geschoß verschwunden sind, verharrt die Kamera auf der leeren Treppe, sodaß das Folgende nur zu hören ist:

Einer der Brigadisten:
Hé! Debout le poète!
On va te montrer
que l'égalité
c'est la mort
qu'on vient t'apporter!

Dumpfe Donnerschläge gegen eine Tür.

Regarde-moi ces beaux chandeliers en argent! Allez, c'est pour nous. Hé, le poète! On se réveille! Tu l'as caché où, ton argent?

Es wird noch lauter gegen eine Tür gedonnert, dann sind im Obergeschoß kurze schnelle Schritte zu hören.

Christianes Stimme, wütend und laut:
Finger weg, ihr Marodörs! Wollt ihr den Herrn Geheimrat in Frieden lassen! Schämt euch wohl nicht, einen alten Mann aus dem Bett zu scheuchen und euch vor ihm aufzuplustern, als sei die Schlacht von Jena noch nicht geschlagen, sondern heute Nacht in

diesem Schlafzimmer auszufechten. Raus mit euch! Schass de Gickel ausm Schaddäng!

Man hört Stimmengewirr und ein mehrmaliges nachhallendes Klatschen, als bekäme jemand mit einer Bettpfanne eins übergezogen. Dann sieht man die beiden Franzosen die Treppe herunterhasten und in Richtung Küche verschwinden. Stille. Die Kamera filmt den jetzt wieder leeren Treppenaufgang. Nach einer Weile hört man von oben:

Christiane singt:
Schlaf liebster Vater und Geheimster Rat
die spitzen Buben sind weg. Mit Tanz und Tat

steh ich dir bei und wieg dich in Träume
laß blühen zur Schlafzeit dir Apfelbäume

Zu gern wär ich eine Dame gewesen
hätte Harfe gespielt und Bücher gelesen

und dir nicht immer nur Schande gemacht
noch die Mägde haben dein Mädchen belacht

Es ist aber so wie es einmal ist
ich hab dich geliebt ich hab dich vermißt

Du warst mir ein Vater du warst mir ein Kind
sahst mit tausend Augen und ich war blind

und wenn du jetzt schläfst in unruhiger Nacht
wirst du leise von deinem Mädchen bewacht

2

Chor:
Nicht, daß wir dem Herrn Geheimrat sein Glück nicht gönnen würden. Wir sind im Gegenteil froh, daß ihm das Schlimmste erspart blieb und er seine unschätzbar wertvolle Kunstsammlung retten konnte. Aber wahr ist, daß, während im Hause Goethe ein Wiegenlied ertönt, wir übrigen Weimarer Bürger und Bauern, so weit wir nicht Unterkunft bei Hirschen und Rehen bezogen, aus unsren Quartieren gezerrt, malträtiert und ausgeraubt wurden. Alles, aber auch alles haben wir verloren! Nicht eine Flasche Wein, die nicht getrunken oder zerschlagen! Wer nicht schnell genug alles herschenkte, was ihm wert und teuer war, dem wurde kurzerhand das Haus über dem Kopf abgebrannt. Vielleicht ist es uns immerhin erlaubt zu fragen, wie es denn der Familie Goethe fast als einziger gelingen konnte, ihr Scherflein ins Trockene zu bringen, und ob wohl dabei alles mit rechten Dingen zuging. Umso besser, umso besser! Gar nicht auszudenken, was das für ein Unglück gewesen wäre, wenn das Kosaken-Volk auch bei dem Meister gewütet hätte! Allerdings haben wir ihn im Verdacht, mit den Franzosen eine nicht ganz ehrbare Abmachung getroffen zu haben. Welcher Art? Wie sollen wir das wissen! Drei Tage später – wir sind noch damit beschäftigt, in unsere Trümmer einige Ordnung zu bringen – wird Goethe

nach fast zwanzigjährigen Diensten die Heldin Vulpia angetraut oder angeweibt. Die Trauung wird in der Sakristei also in der Abstellkammer und Umziehkabine der Weimarer Jakobskirche vollzogen. August und Riemer sind als Zeugen dabei, und in der Tat, wers nicht mit eigenen Augen gesehen hat, kanns kaum glauben. Herr August Goethe, wir wollen ihnen gewiß nicht zu nahe treten, aber unsere Fernsehzuschauer würde natürlich interessieren: Wie war das denn für Sie als Sechzehnjähriger, der Hochzeit der eigenen Eltern beizuwohnen? Was ging in diesem Moment in Ihnen vor?

August singt:
Ihr wollt gerne wissen was ich verspürt
ob mich der späte Entschluß

gerührt. Ich seh euch vor dem Bildschirm sitzen
und mir alle Tränen und Gefühle

stiebitzen. Bleibt in euren Sesseln! Laßt
mich in Ruh! Mir scheint ich war

gefaßt. Keine Regung geb ich zu. Der
Pfarrer sprach etwas mir wars flau

und schwer. Der Vater und die Mutter
gingen nebeneinander her. Im

Hinterhaus blieb sie gerne
versteckt. Paar Jahre drauf ist meine

Mutter verreckt.

Chor:
Vielen Dank, August Goethe, für ihre bewegenden Worte. Bei uns geht es jetzt mehr oder weniger in chronologischer Reihenfolge weiter. Schon am Tag nach der Trauung darf die nunmehr vierzigjährige Goethe-Kugel, zehn Jahre bevor der Spieler das Loch getroffen hat, in dem sie endgültig zum Stillstand kommt, zum ersten Mal in die bessere Weimarer Gesellschaft ausrollen. Zunächst wird sie der Mutter Schopenhauers vorgestellt, die ihres fortschrittlichen Vaters wegen zu den ersten gehört, die gegen die Blattern geimpft sind. Frau Schopenhauer hat noch nicht begriffen, daß sie Arthur Schopenhauers Mutter ist, und glaubt vorläufig noch selbst jemand zu sein. An diesem Nachmittag bekommt sie Gelegenheit ihren berühmten Spruch anzubringen:

Johanna Schopenhauer:
»Ich denke, wenn Goethe ihr seinen Namen gibt, können wir ihr wohl eine Tasse Tee reichen.«

Chor:
... einen Spruch, den sie seither bei den verschiedensten Anlässen gerne zum Besten gibt und mit dem sie immer wieder die Sympathien der gehobenen Klassen auf sich zieht. Und da wir schon einmal bei den Zitaten sind, begeben wir uns kurz an den Anfang des Jahres zurück, als Christianes mit im Hause Goethe lebende Schwester starb, und lassen Frau von Schiller nicht irgendwelche neuzeitlich-frei erfundenen, sondern zwei von uns Zeit- und Parkbankzeugen verbürgte Sätze aufsagen:

Kurzauftritt Charlotte von Schiller:
»Goethe hat Trauer im Haus. Die Schwester der Vulpius ist gestorben; der arme Mann hat so geweint! Dies schmerzt mich, daß seine Tränen um solche Gegenstände fließen müssen.«

Chor:
... und wir widerstehen nicht der Versuchung, einen Satz aus dem echten bürgerlichen Trauerspiel daneben zu setzen, das ihr bürgerlicher Gemahl unter dem Titel Kabale und Liebe noch vor 1789 verfaßte. Wir rufen Louise auf die Bühne.

Louise:
»Dann, wenn die Schranken des Unterschieds einstürzen – wenn von uns abspringen all die verhaßten Hülsen des Standes – Menschen nur Menschen sind –«

Chor:
... ja dann, was hätte dann noch Frau von Schiller einer Christiane voraus? – Auf dem Papier läßt sich manches umstürzen, was im Geiste noch lange aufrecht steht und auch besser stehenbleiben sollte. Um einstürzende Unterschiede ist es uns ebenso wenig wie Frau von Schiller zu tun. Wir haben in unserem langen Leben schon mehr Köpfe als Standeshülsen abspringen sehen. Revolutionen sind nichts für uns. Die bestehenden Verhältnisse sollen auch bestehen bleiben. Es hat schon seinen Grund, daß alles so ist wie es ist, und Kabale und Liebe gehört und gehören verboten.

Thomas Mann, sich zwischen dem Chor hindurch nach vorne drängend:
Verzeihung, meine Herren, Verzeihung, darf ich …? Ich höre, daß Ihnen ein Hauptdarsteller fehlt. Falls ich Ihnen irgendwie von Nutzen sein kann, mache ich mich gerne erbietig, in der Rolle des Geheimrats von Goethe aufzutreten.

Der Chor geht langsam ab ohne auf ihn zu achten.

Thomas Mann:
Hören Sie! Ich verbürge mich dafür, daß er alles, was ich in seinem Namen sage, sehr wohl in Wirklichkeit hätte sagen können!

Er bleibt noch eine Weile alleine auf der Bühne stehen und geht dann auch ab.

3

August:
Meine Mutter kommt jetzt aus dem Hinterhaus
manchmal heraus.
Dann sitzt sie zwischen besseren Leuten und weiß nicht,
was die Worte bedeuten.

Ich seh sie sitzen, es zieht in der Brust: Sie weiß nichts zu
sagen, hat nie was gewußt.
Mit roten Wangen sieht sie mich an; ob in der Küche wohl
das Huhn gelang?

Ich schämte mich meiner eigenen Scham; die Schamesscham wars,
die mir den Atem nahm.
Dem Vater lauschen sie alle gebannt, wie er vom Feldzug erzählt
ins Frankenland.

Ich steh abseits, woran ich dachte, ich weiß es nicht mehr.
Mein Glas war voll, mein Kopf war leer.
Ich schau auf der Mutter runden Bauch. Das Glas zerschellt,
mein Träumen auch.

Ein Aufschrei kommt aus des Vaters Mund. Er blickt mich an
wie einen fremden Hund.
Es ist still im Raum, niemand sagt ein Wort. Sie starren mich an
wie nach einem Mord.

4

Chor:
Um ein möglichst vollständiges Bild des jungen August zu bekommen, haben wir ein paar Nachbarn zu dem jungen Mann befragt. Die meisten wußten nichts Besonderes über ihn zu berichten: ein freundlicher, unauffälliger Bursche, der ab und zu betrunken im Graben lag. Ein Schuhmacher behauptete, der junge Goethe, von eher stämmiger Gestalt, habe erhöhte Absätze getragen. Auch von einigen Wutanfällen war die Rede und von Gebrüll, das durch ein offenes Dachfenster auf den Frauenplan gedrungen sei, vor allem später, als August dann mit seiner Frau in der Mansardenwohnung lebte. Aber auch in jungen Jahren packte den Burschen manchmal eine unerklärliche oder nur allzu erklärliche Wut. Frau Ballettmeisterin Uhlich, Sie wohnten am Frauenplan dem Hause Goethe oder Goethe-Haus schräg gegenüber, erzählen Sie uns doch bitte den Vorfall, der sich im Sommer 1813 dort zutrug.

Ballettmeisterin Uhlich:
Ei es war Sonnabend Abend, die Kinder spielten friedlich draußen auf dem Plan, vor dem Kräuterschen Haus klopft mein fünfjähriger Bub ein bißchen auf seiner Blechtrommel herum wies Kinder eben, man kann sie ja nicht im Zimmer festzurren, tun, da kommt der

Herr Kammerassessor von Goethe aus dem Haus seines Vater gerannt, drückt dem Jungen die Gurgel zu, daß er ganz blau wird und man die Striemen noch tagelang sieht, setzt ihm ein paar Ohrfeigen, daß es klatscht und zwar dreimal so laut wie die kindliche Trommelei, und brüllt: Hab ich dich, Schlange! Einem Fünfjährigen! Man hätte meinen können, er habe einen Gewalttäter oder mindestens einen Dieb gefangen! Einen kleinen Buben so zu mißhandeln!

Chor:
Wir geben nun dem Beschuldigten Gelegenheit, seine Fassung des Vorfalls zu schildern. Herr von Goethe, Sie haben die Vorwürfe gehört, die gegen Sie erhoben werden. Was haben Sie zu Ihrer Verteidigung vorzubringen?

August:
Ich weiß nicht mehr. Man verlese die achtseitige Verteidigungsschrift, die ich der zuständigen Behörde damals zukommen ließ.

Chor:
So viel Zeit haben wir hier nicht. Es geht um ein paar Ohrfeigen. Einen Würgegriff. Fassen Sie sich kurz.

August:
Ich selbst höre gerne Kinder spielen. Aber meinem Vater wäre ein wenig Ruhe bei seinen Arbeiten wohl zu gönnen gewesen. Die Uhlich'schen Kinder waren unverschämte Bengel, die sich ausschließlich durch

Trommeln, Pfeifen und Grölen die Zeit vertrieben, und zwar ganz in der Nähe unseres Gartens, wo sich das Studierzimmer meines Vaters befand. Das hätten sie bedenken sollen, und ich hatte sie auch schon mehrfach vorgewarnt. Alles übrige, Würgen, Striemen, Schlange und was nicht sonst noch alles, sind Lügen oder maßlose Übertreibungen.

Chor:
Selbst aus zweihundertjähriger Entfernung wird klar, daß es sich hier um die Mißhandlung eines Minderjährigen, ja um die versuchte Erdrosselung eines hilflosen Kindes handelt, um ein schweres Vergehen also, das der Angeklagte geschickt mit seiner übergroßen Sorge um und Rücksichtnahme auf den arbeitenden Vater zu entschuldigen und zu rechtfertigen versucht, während es doch in Wahrheit nur um seine eigenen schwachen Nerven, seine Unbeherrschtheit, um nicht zu sagen seine sadistischen Neigungen geht.

Ballettmeisterin Uhlich:
Kinn hoch! Schultern nach hinten! Beine durchdrükken! Auf die Fußspitzen! Nicht bewegen!

5

Chor:
Um dieselbe Zeit ist die selbsterklärte Muse Bettina Brentano, später von Arnim, zwischen Wien und Weimar, zwischen Beethoven und Goethe unterwegs. Es treibt sie von einem großen Mann zum andern. Um sich vor ungezogenen französischen Soldaten zu schützen, kommt sie in Mannskleidern nach Weimar getollt, was ihrer Exzentrik sehr entgegenkommt. Diese Kleider sind so geschnitten, daß sie die Weiblichkeit ihrer Trägerin hervorheben statt sie zu verbergen, so daß keiner, der mit uns unter der großen Linde sitzt und Bettina nahen sieht, eine Sekunde über ihr kokettes Amazonentum im Zweifel sein kann.

Bettina kommt herangefegt:
Ha, ihr alten Lästermumien und Aasgeier! Daß ihr mich gerade durch den Dreck gezogen habt, seh ich eurer glänzenden Nasenspitze an. Könnts wohl nicht lassen!
Sie zwickt dem ersten Alten ins Kinn, zieht den zweiten an der Nase und dem dritten die Mütze ins Gesicht.
Was versteht ihr schon von Musik! Was von Dichtung! Ihr wärt zu keinem Beethoven gereist, das will ich gerne glauben! Euer Lebtag lang seid ihr auf der-

selben Bank sitzengeblieben. Aber jetzt werdet ihr auf eure alten Tage noch einmal ordentlich gelüftet und durchgepustet, ihr Heimwerker und Nasenbohrer! Euch werd ich was klopstöckeln! Rüttelt an der Bank, daß die Alten sich an ihren Sitzen festkrallen.
Ach, was gehts mich an. Wünsche wohl gelästert zu haben. Byebye! Adieu!

Sie stürmt zu Goethes Haus weiter, wo sie sogleich eingelassen wird und an August vorbei die Treppe hochstürzt.

August:
Verzeihung, mein Fräulein, Sie können unmöglich –
Mein Vater ist gerade –
Sie müssen –
Halt!

Bettina dreht sich weiterhastend, schon fast oben angelangt, kurz zu August um:
Des Dichters Sohn, ich bin im Bilde: Sie sind der Zerberus, an dem es vorbeizuwitschen gilt! Schon gut, schon gut! Rührn Sie sich nicht, sein Sie nicht bös, ich schau Sie mir später noch genauer an!

August folgt ihr eilig in den oberen Stock.

Bettina stürzt sich zu Goethes Füßen nieder:
Verehrtester Meister! Größter unter den Großen! Betrachten Sie mich als Ihre Tochter, als Ihre Dienerin, als Ihr Geschöpf. Wie ich Sie liebe! Wie ich Sie ver-

ehre! Lassen Sie mich den Kopf auf Ihr Knie legen. Sie glauben, ich sei ein wildes Kind, aber ich bin ein treues Hündchen. Wenn Sie mich wegschicken, werde ich unweigerlich sterben.

August:
Mein Vater freut sich über Ihren Besuch, wertes Fräulein, und möchte Ihnen wärmstens danken, daß Sie sich die Mühe der langen Reise gemacht haben. Heute nachmittag hat er indessen Wichtiges mit Herrn Kanzler von Müller zu bereden. Er bittet Sie deshalb, morgen vormittag um elf noch einmal vorzusprechen.

Bettina:
Ah! Wie glücklich ich bin! Ihr gütiges Auge auf mir ruhen zu spüren ist es, was ich mir schon so lange erträumt hatte! Hier will ich verweilen! Zu Ihren Füßen will ich mein Dasein fristen!

August:
Verehrtes Fräulein, mein Vater ist glücklich, der jungen Freundin seiner Mutter nun einmal in persona zu begegnen. Es wird ihm ein Vergnügen sein, sie morgen vormittag in seinem Hause begrüßen zu dürfen.

Bettina:
Darüber geht nichts! Nur in Ihrer Nähe, nur in Ihrem Schatten, Meister, ist für mich Luft zum Atmen. Ich liebe, ich ehre Sie, mein ganzes Wesen verneigt sich vor Ihrem Genie!

August:
Herr Kanzler von Müller wartet auf den Geheimrat, wertes Fräulein. Wenn ich Ihnen aufhelfen darf …

Bettina:
Zeit, stehe still! Sonne, halte inne! In diesem Augenblick glaube ich vor Glück zu vergehen.

August zieht sie vorsichtig am Arm: Ich muß Sie leider nun hinausbegleiten.

Bettina schreit:
Was ist das? Wie wagt dieser Mensch –?
Fassen Sie mich nicht an! Welche Ungehörigkeit!
Meister, man will mich von Ihnen reißen; ich ziehe es vor aus eigenem Entschluß zu gehen. Aber morgen, morgen soll mich niemand hindern erneut zu Ihren Füßen zu liegen! Hochverehrter Mann! In einer Minute sehen wir uns wieder!
Dann geht sie ab.

6

Bettina und Christiane auf der Bühne.

Bettina:
Ah! Und wen zaubert man mir zu einer verspäteten Gegenüberstellung vor die Nase? Die Person in der Welt, der ich am wenigsten noch einmal gegenüberstehen wollte. Der Tod ist eine einzige Enttäuschung! Ich dachte, er brächte immerhin die tröstliche Gewißheit, manchen Menschen nicht mehr begegnen zu müssen. Nichts davon! Die einen zu Lebzeiten verfolgten, verfolgen einen auch weiterhin.
Und von Ihm keine Nachricht!
Dabei habe ich ihm geschrieben, nach diesem entsetzlichen Vorfall in der Ausstellung, wo die kuhförmige Geheimrätin mit den Kammerfrau-Manieren unvermittelt über mich hergefallen war. Und ich war ausschließlich seinetwegen hergereist!
Keine Antwort.
Habe ich ihm nicht versichert, daß ich das Betragen der Frau, die er nun einmal unvorstellbarerweise die seine nennt, ganz vergessen wolle, daß er mir ungeachtet aller Zwistigkeiten mit seiner unsäglichen Entourage immer lieb und teuer bleiben würde? Nichts! Kein Laut von ihm drang seitdem mehr zu mir, kein Zeichen.
Starren Sie mich nicht so an, Frau Geheimrätin, ich

kenne Sie nicht, ich will Sie nicht kennen, wollte Sie schon damals nicht kennen. Man könnte meinen, das Totenreich sei groß genug, als daß Sie mir nicht auf die Füße treten müßten.

Christiane singt leicht angetrunken:
Was hamse auch
für große Füß
Sie sind doch sonst so
gscheit und süß

Am Herrn Geheimrat
hamse klebt
am liebsten in seim
Rock gelebt.

Sie hört auf zu singen und wendet sich zum Publikum:
… und in der Ausstellung wo wir uns zufällig zur selben Stunde befanden da hat sie den armen Herrn Professor Meyer beleidigt der der nächste Freund vom Herrn Geheimrat war hat ihn einen Pedanten genannt mit einem Hirn wie ein Schneckeli hat sie gesagt ja ein Schneckeli und das habe ich ihr nicht durchgehen lassen da ist sie wütend geworden und hat mich an den Haaren gerissen und ich hab ihr

Bettina:
Ich weiß überhaupt nicht, wovon Sie sprechen! Was soll ich gesagt haben? Den alten Professor Meyer soll ich beleidigt haben? Pure Einbildung! Sie haben sich doch ganz unverschämt neben mich vor ein Bild von

diesem Meyer gestellt und auf mich eingeredet obgleich ich, wie Sie wissen, damals nicht mehr als heute mit Ihnen reden wollte und Ihnen und dem Bild noch im selben Augenblick den Rücken gekehrt habe!

Christiane und Bettina durcheinander:
Eine Klette ist eine Klette ist eine
Also wenn jemand hier
Und diese Äuglein die sie ihm
Nein das brauch ich mir
Und wie sie sich an ihn schmiegt
Diese Fleischkanone ist
Und ihm die Hand leckt
Die aufgeblähte Schweinsblase
Haarbüschel fliegen
Mit dir red ich doch
Damit ist aber jetzt
Wie gut das Blaßrosa zu ihrem dunkelroten Teint
Aiii
Mein Ohr
Sie sollen mich los
Und noch das
Aaah
Ein Hut rollt auf den Boden
In Ruhe lassen
Sie hat mir die Brille
Aber ich wollt doch nur
Meine Brille ist zerschlagen!

Intermezzo

Der nächste Aufzug droht
stecken zu bleiben.
Hier lernt August die Liebe
und ihren siamesischen
Zwilling den gleichnamigen
Kummer kennen.

Vorhang auf für
zwei moderne Gerippe
die mit der angenehmsten
Überraschung der Welt
nach zweihundert Jahren
zum zweitenmal
aufeinanderstoßen

hab ich das nicht schon mal
irgendwo gelesen?

Drei

1

August:
Fräulein von Pogwisch?

Ottilie:
Herr Kammerrat?

August:
Darf ich zum Tanz bitten?

Sie drehen sich einige Male um sich selbst.

Ottilie:
Also alles noch einmal von Anfang an?
Schaun Sie Herr Kammerrat
falls ich das Gespenst das Sie sind
so anreden darf.
Es ist alles ganz einfach und
ganz verworren.
Einfach ist:
Sie sind nicht reich
und ich bin arm.
Sie sind der Sohn Gottes
oder Goethes
und schaun mich mit dessen
großen Augen an.
Sie haben eine Mutter

deren bestes Kleid
noch der Mantel des
Schweigens bleibt.
Ich bin eine von Pogwisch einer-
und eine Henckel von Donnersmarck
andererseits.
Verworren ist: alles andere
oder auch dasselbe
wenn man es nicht erklärt
sondern lebt.

August:
Liebes

Ottilie:
Fräulein

August:
Verehrtes

Ottilie:
Gespenst

August:
Die Gefühle

Ottilie:
Sind verworren

August:
Die Verhältnisse

Ottilie:
Sind klar.

August:
Zitat:

Ottilie:
»Der junge Herr von Goethe steht nicht hoch genug über mir, um daß er vorteilhaft auf mich wirken und mich zu etwas erheben könnte.«

August:
Sich erheben, sich erheben, ja, wer möchte das nicht. Und hätt ich nicht ein paar Flaschen Wein getrunken, so könnt ich es auch.

Ottilie:
Was mir an Ihnen gefällt, Herr Kammerrat, ist, daß Sie immer so schwermütig und verloren dreinschaun. Da möchte man Ihnen beistehen, Sie bei der Hand nehmen und retten. Sie sind doch zu retten? Ich meine, Sie wären doch nicht so unhöflich, sich nicht retten zu lassen?

2

Adele mit Ottilie auf einem Spaziergang:
Ich weiß nicht wies kommt liebe Freundin daß sich die Sätze alle auf einmal in meinem Mund einfinden und ins Freie drängen so wie auch wir uns drängen unter den offenen Himmel zu kommen denn das weiß ich schon meine allerliebste Ottilie daß du wie ich die Natur mehr liebst als die Menschen die ja doch nur rasseln in ihren hohlen Hülsen und deiner nicht wert sind das sage ich nicht als deine Freundin glaube nur nicht daß meine Liebe zu dir mir das Auge trübt nein wenn ich dich in diesem Moment zum ersten Mal erblickte hätte ich schon deinen Wert erfaßt so leblos erscheinen mir alle menschlichen Geschöpfe neben dir Ottilie oh mein Gott Ottilie dort liegt ein Mann im Gras ich glaub er ist tot.

Ottilie:
Mein Herr, ich bitte um Vergebung, wir sehen Sie sind verletzt, aber Sie sind doch nicht womöglich ...?

Ferdinand Heinke:
Ahhh! Ahhh!

Adele:
Er lebt Ottilie er lebt wir müssen sofort einen Arzt holen und seine Wunden stillen es ist ein preußischer

Freiheitskämpfer der sein Leben im Kampf gegen die Franzosen gelassen hat gelassen hätte wenn wir nicht zur rechten Zeit und was er für blaue Augen hat und wie ihm die blonden Locken in die Stirn fallen was sollen wir bloß

Ferdinand Heinke:
Ahhhhh!

Ottilie:
Herr Offizier, Sie müssen entschuldigen, bleiben Sie ganz ruhig liegen und betten Sie Ihren Kopf auf meinen Schal. Wir werden in die Stadt eilen und Hilfe holen, nicht länger als eine Stunde werden wir ausbleiben, das verspreche ich Ihnen, nur eine Locke möchte ich mir noch ausbitten, mit diesem perlmuttenen Messer will ich sie mir

Ferdinand Heinke:
Ahhh!

Die beiden Frauen hasten in die Stadt zurück.

Ottilie:
Der schöne tapfere Mann, ich hätte bei ihm bleiben und ihm Mut zusprechen müssen.

Adele:
Der Mann hat mehr Mut als er in einem Leben aufbrauchen kann zudem bist du viel zu zart und empfindsam nein wenn überhaupt dann hätte ich bei ihm

bleiben müssen obschon ich nicht weiß wie ich diese blauen Augen ohne zu sterben aber hast du bemerkt wie er dich angeschaut und wie bereitwillig er dir seine Locke überlassen und dich meine Schöne und Kluge und Anmutige sogar schwach aber feurigschwach angelächelt hat aber das kannst du glauben daß die häßliche Adele sich mit Freuden aufopfern und euch eine liebende Vertraute und treue Vogelscheuche sein wird nur mußt du mir versprechen mich nicht zu vergessen und mich Luft! Luft! warte doch auf mich und mich Ottilie! in deiner Nähe zu behalten

3

August schlägt sich mehrmals mit der Faust an die Stirn:
Es muß doch etwas Brauchbares zu finden sein in diesem Behältnis. Ich kann schütteln und rütteln wie ich will, es kommt nichts raus.

Er schlägt sich noch einmal heftig an die Stirn.

Entweder ist niemand zu Hause oder man will mir nicht antworten. Ich verlange aber eine Antwort! Und wenn ich sie mit der Axt spalten muß, ich will wissen, ob die Nuß innerlich ganz ausgedorrt und hohl oder ob Leben und Saft in dem Gehäuse ist. Was soll ich anfangen mit mir? Dichter sind wenige, zu denen ich nicht gehöre. Der Rest der Schreiberzunft? Stöcke, denen am oberen Ende ein Mund gewachsen ist.

Chor:
Kommt uns das nicht bekannt vor? Vielleicht sollte der junge Mann weniger lesen und nicht alle Abende im Theater verbringen.

August:
Ich bin Amtmann. Und ich habe Glück: Ich lebe in einer Zeit, die den Amtmann hochachtet. Jedenfalls wenn er nicht gerade Goethe zum Vater hat. Andere

haben eine Berufung oder wenigstens eine Begabung. Ich aber schrecke vor allen großen Aufgaben, vor allen bedeutenden Unternehmungen zurück. Ich habe die Sterne befragt, ich habe mein Innerstes befragt: Ich bin der geborene Amtmann und Pedant, kann nur atmen solange ich ordne und zähle und sortiere.

Ottilie singt forsch:
»Was zieht dort rasch durch den finstern Wald
Und streift von Bergen zu Bergen?
Es legt sich in nächtlichen Hinterhalt;
Das Hurra jauchzt und die Büchse knallt;
Es fallen die fränkischen Schergen.
Und wenn ihr die schwarzen Jäger fragt:
Das ist Lützows wilde, verwegene Jagd.«

Herr Kammerrat, haben Sie schon die Bekanntschaft unseres versprengten Lützower Jägers Ferdinand Heinke gemacht? Nein? Warum halten Sie sich immer abseits? Was wollen Sie mit ihrem trotzigen Vor-sich-hin-Schauen, mit ihrem ewigen In-sich-Gekehrtsein bezwecken? Ferdinand ist unser Befreier, an ihn sollten Sie sich halten. Hat er Sie nicht von zwölf Don-Gardekosaken befreit die sich bei Ihnen einquartieren wollten?
Sie sollten – das Gespräch mit ihm könnte Ihnen – aber was schauen sie mich so an?

August:
Ferdinand hin
Ferdinand her

Sie sollten Sie haben es doch
im Leben so schwer

Heinke hier
Heinke da
wär das nicht ein Sohn
für den Herrn Papa

Ottile ringt nach Worten:
Nichts ist Ihnen – Sie ziehen noch das Höchste das Edelste in den – na wer aus dem Dreck kommt der macht eben alles was er in den Mund nimmt zu –
Sie tritt schnell ab.

August singt:
In allem was ich tue
ist keine Ruhe
ich fliehe die Wolken
ich fliehe das Licht
meine Angst findet
ihre Ursache nicht

In allem was ich sage
liegt eine Klage
ich sehe die Bäume
ich spüre den Wind
wie kommt es daß sie
so sanft zu mir sind?

4

Chor:
Ferdinand Heinke! Wollen Sie eine der beiden anwesenden Damen, Ottilie von Pogwisch und Adele Schopenhauer mit Namen, ehelichen?

Ferdinand Heinke:
Nein.

Chor:
Darf man fragen aus welchem Grund? Die beiden jungen Damen sind in einem an den Wahnsinn grenzenden Zustand von Verliebtheit.

Ferdinand Heinke:
Zum einen sind sie beide nicht besonders hübsch, wobei die eine immerhin ganz ansehnlich ist, zum anderen sind meine Nerven keine englischen Schiffstaue und beide Damen scheinen das Leben für einen Wettstreit im Aufgeregtsein zu halten. Zum dritten bin ich schon anderweitig versprochen.

Chor:
Ah … In diesem Fall … Ottilie von Pogwisch!

Ottilie, mit matter Stimme:
Ja.

Chor:
Sie haben Ferdinand Heinkes Aussage gehört. Wollen Sie trotzdem diesen Mann als den Ihnen Bestimmten ansehen und ihm im Innern ein Leben lang treu bleiben, auch wenn Sie einen anderen heiraten und so manchen anderen verführen sollten?

Ottilie:
Ja.

Chor:
Dann wiederholen Sie: Ich schwöre, so wahr mir Gott helfe.

Ottilie:
Ich schwöre, so wahr mir Gott helfe.

Chor:
Adele Schopenhauer! Wollen Sie Ihrer Freundin in Ihren endlosen Liebesnöten beistehen und selber jeder Erfüllung entsagen?

Adele Schopenhauer:
Ja.

Chor:
So nehmen Sie denn von uns in Empfang: Ein kleines Heinke-Porträt, einige Patronen, den Rest eines Handschuhs und ein Gedicht von Heinkes Hand. Diese Reliquien sind in einer mit dem Eisernen Kreuz bestickten Brieftasche aufzubewahren.
Sie können abtreten.

5

Chor:
August ist jetzt dreiundzwanzig Jahre alt und Geheimer Kammerrat oder immerhin Wirklicher Assessor am Weimarer Hof. Außer seinen Tugenden kann man ihm nichts vorwerfen. Er ist fleißig, gewissenhaft und ordentlich (mehr als ordentlich), weiß sich zu kleiden und zu benehmen und sieht zudem recht ansehnlich aus: ein Wirklicher Langweiler und Insgeheimer Trauerkloß. Der Vater scheint wenn nicht erleichtert, so immerhin nicht untröstlich, daß er sein Genie dem Sohn nicht vererbt hat, und freut sich, daß August ihm manche lästige Aufgabe abnimmt. Er ist Goethe, wozu er, das muß einmal ausdrücklich erwähnt werden, nichts kann. Die Mutter, die als Frau Geheimrätin nicht minder verachtet wird als zuvor, trinkt und tanzt sich zu Tode und liebt dabei über alles ihren Sohn als den lebendigen und öffentlichen Beweis ihrer fleischlichen Verbindung mit dem großen Mann. Vater und Mutter sind die Zentnerbürden, die auf Augusts Schultern lasten und ihn daran hindern, sich von der Stelle zu rühren. Auch darin unterscheidet er sich nur um wenige Kilo vom Gros seiner Mitmenschen. Um es wie alle zu machen, setzt er seinen Namen auf die Liste der Freiwilligen, lauter junge Männer aus den besten Weimarer Familien, die von Napoleon genug haben und ihn dahin zurückscheuchen wollen, woher er kam.

Augusts Vater aber ist weder am Tod der deutschen noch der französischen Sünder im mindesten etwas gelegen, dafür aber an einem ruhigen und emsigen Arbeitsleben. Da ihm der Sohn bei mancherlei Aufgaben unentbehrlich ist, läßt er ihn kurzer Hand und langen Arms von der Liste des Freiwilligencorps wieder herunternehmen. Und nun läuft der Bursche durchs Städtchen, als hätte er zu gerne ein paar Dutzend Franzosen aufgespießt und wäre nur durch die väterliche Willkür daran gehindert und dem Spott der gesamten Gesellschaft und der Verachtung seiner verehrten Ottilie ausgesetzt worden. Macht er es sich da nicht ein bißchen leicht? Muß man denn dem Vater immer aufs Wort gehorchen? Gibt es nicht höhere Pflichten als den Kindesgehorsam? Hätte er uns gefragt, wir hätten ihm empfohlen, sich ein Beispiel an Hermann zu nehmen. Am Dorothea-Hermann, ja. Hermann, würde es Ihnen etwas ausmachen, kurz zu uns heraufzukommen?
Hermann klettert auf die Bühne und bekommt den Staub aus dem Gewand geklopft.
Wenn Sie uns nun besagte Stelle aufsagen könnten.

Hermann, nachdem er sich geräuspert hat:
»Ach! und ein Deutscher wagt in seinem Hause zu bleiben?
Hofft vielleicht zu entgehen dem alles bedrohenden Unfall?
Liebe Mutter, ich sag' Euch, am heutigen Tag verdrießt mich,
Daß man mich neulich entschuldigt, als man die Streitenden auslas

Aus den Bürgern. Fürwahr! Ich bin der einzige Sohn nur
Und die Wirtschaft ist groß, und wichtig unser Gewerbe;
Aber wär' ich nicht besser, zu widerstehen da vorne
An der Grenze, als hier zu erwarten Elend und Knechtschaft?
Sehet, ich werde nicht wieder nach Hause kehren! Von hier aus
Geh' ich gerad' in die Stadt und übergebe den Kriegern
Diesen Arm und dies Herz, dem Vaterlande zu dienen.
Sage der Vater alsdann, ob nicht der Ehre Gefühl mir
Auch den Busen belebt und ob ich nicht höher hinauf will!«

Chor:
Diesen Hermann'schen Ungehorsam loben wir uns! Da ist einer, der hoch hinauf will anstatt wie dieser Vulpia-Welpe immer tiefer hinunter. Und noch einer ist nicht zu halten, wenn es darum geht, das Vaterland zu befreien und gegen die Franzosen ins Feld zu ziehen. Heinke!

Ferdinand Heinke:
Zu Diensten.

Chor:
Sag uns, wies dir ergangen ist in diesen freiheitlich-nationalistischen Zeiten!

Ferdinand Heinke singt in soldatischem Rhythmus:
Ich hab die Frankenleut
zur Tür hinaus gejagt
bis in ihr eignes
Frankenreich hinein.

Zu gerne hätt ich sie
noch weiter getrieben
bis ins Meer ins at-
lantische hinein

Da bohrt mir ein Lancier
die Lanze in den Leib
und auf der andren
Seite wieder raus.

Ich spreng gleich wieder los
als wär ich nicht durchlocht
wenn ich die wär nähm
ich lieber Reißaus

Das Loch das haben sie
mir bald wieder gestopft
und das eiserne
Kreuz drübergehängt.

Wenns nach mir geht kanns
wieder nach Hause gehn
die Ehre hab ich und
die Wimpern sind versengt

6

Chor:
Einige Monate später kehren die Freiwilligen aus dem Krieg gegen die Franzosen zurück, in dem sie zwar viel Bewegung aber so gut wie keine Gelegenheit zu kämpfen hatten, weil sie sich dazu am falschen Ort befanden, jedoch wer auszieht, ist immerhin ausgezogen und wird mit Pauken und Trompeten zu Hause empfangen. Und wer steht auf dem Platz in voller Montur und erwartet die Heimkehrenden, als sei er kein Drückeberger und Vater-Söhnchen, sondern selbst ein Heimkehrer? Die ruhmreichen Kämpfer singen August ins Angesicht:
»Pfui über dich Buben hinter dem Ofen,
Unter den Schranzen und unter den Zofen!
Bist doch ein ehrlos erbärmlicher Wicht;
Ein deutsches Mädchen küßt dich nicht,
Ein deutsches Lied erfreut dich nicht,
Und deutscher Wein erquickt dich nicht.«

August:
Den deutschen Wein, den füll ich literweise in mich hinein. Und wenn er mich auch nicht erquickt, und wenn er auch meinen Durst nicht stillt, so ist er doch mein treuester Kumpan.

Chor:
Und wen Sie jetzt erhobenen Kopfes an August herantreten sehen, ist nicht Werther, dessen Leiden imaginäre sind, sondern ein bis hierhin völlig unbekannter Rittmeister von Werthern, der unter den Heimkehrern ist und sich, da er schon nicht zum Kämpfen kam, wenigstens zu Hause ein wenig wichtig tun möchte. Bitte, Herr Rittmeister, es ist an Ihnen, spucken Sie nur.

Rittmeister von Werthern, nachdem er vor August auf den Boden gespuckt hat:
Wenn ich noch wüßte, was ich gesagt habe. Ich glaube etwas wie: Ich fordere Sie zum Duell. Sie haben die Wahl der Waffen. Morgen früh im Morgengrauen gibt es einen Feigling weniger auf dieser Welt. Dann haben wir weitergesungen:
»Stirbst als ein ehrlos erbärmlicher Wicht.
Ein deutsches Mädel beweint dich nicht,
Ein deutsches Lied besingt dich nicht,
Und deutsche Becher klingen dir nicht.«

Chor:
Natürlich kommt kein Duell zustande, weil der Vater nicht daran denkt, seinen Sohn auf eine derart sinnlose Art zu verlieren, nachdem er ihm gerade den Krieg verboten hat. Vom Krieg freigestellt, vom Duell freigestellt, nur von der Verachtung seiner Mitmenschen nicht freigestellt, trudelt August im Erwachsenenleben ein.

7

August:
Jetzt langts. Ich möchte wissen, was hier gespielt wird. Und warum man mich nicht endlich in Ruhe läßt. Der Tag dieser öffentlichen Demütigung ist nun bald zwei Jahrhunderte her, und seit nicht viel weniger als zweihundert Jahren bin ich tot.
Ja ich habe nicht gegen die Franzosen gekämpft.
Ja ich war statt dessen mit Angelegenheiten der Heeresverpflegung betraut.
Ja ich habe die Uniform getragen, als die Freiwilligen zurückkamen.
Ja ich bin vor aller Augen gedemütigt und verhöhnt worden.
Ja ich habe mich mit dem der mich beleidigte nicht duelliert.
Ja ich habe mich dem Vater nicht widersetzt.
Ja ich bin feige.
Ja ich bin schwach.
Ja ich trinke mich zu Tode.
Aber geht euch das etwas an? Muß ich alle Schmerzen noch einmal fühlen, alle Demütigungen noch einmal über mich ergehen lassen, darf ich meine Feigheiten und Schwächen denn nicht endlich vergessen und wie alle Nebenfiguren der Geschichte schweigend in der Vergangenheit ruhen? Jemand hat mich aus dem Grab gezerrt um mir und der Öffentlichkeit meine sämt-

lichen Demütigungen noch einmal vor Augen zu führen, jemand will meine Schlaflosigkeit, jemand will meine Unruhe, jemand will, daß es nie aufhört. Jemand gönnt mir den Tod nicht. Jemand zieht die Fäden und schaut zu.
Ich stehe wieder auf demselben Platz, werde beschimpft und angespuckt. Mein Leben ist vorbei! Wer immer mich hierher geholt hat, ich fordere dich auf, die Fäden loszulassen und aus deinem Versteck zu treten. Was willst du von mir? Was reizt dich so an meiner blassen Figur? Wie lange willst du mich noch dem öffentlichen Mitleid und Spott preisgeben? Komm endlich aus deinem Loch, du Puppentheaterdirektor, du Feigling, und sprich.

Stille.

Chor:
Wir rufen Anne Weber auf, Anne Weber bitte auf die Bühne.

Anne Weber tritt zögernd vor: Lieber August –

August:
Woher diese Vertraulichkeit, wir kennen uns nicht.

Anne Weber:
Ich hab gedacht, ich könnte … Also, ich wollte … dir helfen.

August:
Brauche ich deine Anwalts- oder Samariterdienste? Habe ich dich um Hilfe gebeten?

Anne Weber:
Nnnein.

August, wütend:
Für wen hältst du dich eigentlich? Er springt zu ihr hin und gibt ihr rechts und links ein paar schallende Ohrfeigen. Das hattest Du nicht vorgesehen, was? Was gibt dir das Recht, die Toten wecken und sie sprechen und agieren zu lassen wies dir gefällt?
Er gibt ihr einen heftigen Stoß, der sie aus dem Gleichgewicht bringt und rücklings zu Boden fallen läßt.
Was willst du von mir? Ich brauche dich nicht. Ich brauche niemanden.

Anne Weber am Boden:
Du brauchst vielleicht niemanden. Aber du bist tot und gehörst nicht mehr dir allein.

August:
Ich habe schon zu Lebzeiten nicht mir allein gehört.

Anne Weber:
Ich dachte, ich könnte … für dich sprechen.

August:
Sprich gefälligst für dich selbst! Ich brauche deine Stimme nicht. Du störst meine Ruhe. Ich bin von vorgestern. Du bist mir fremd.

Anne Weber:
Jetzt langts mir aber!
Sie rappelt sich wieder auf.
Du bist tot. Du bist hilflos. Du bist in meiner Hand. Vielleicht wird man hier und da leise Kritik anmelden, wenn ich gar zu viel Unsinn über dich verbreite, das ist alles. Die Toten sind den Lebenden ausgeliefert. Du sagst, du willst nicht mitspielen. Keiner will mitspielen. Es gibt die Möglichkeit zu protestieren. Es gibt keine Möglichkeit nicht mitzuspielen. Das Stück geht weiter.

8

Chor:
Die Franzosen sind nun also ohne Augusts Mithilfe verscheucht. Dem einen oder anderen haben sie ein Andenken hinterlassen, sei es auch in Form eingebüßter Gliedmaßen. Allein in Weimar haben drei Personen von Napoleon das Kreuz der Ehrenlegion an die Brust geheftet bekommen. Zu den drei geehrten Personen gehören neben dem Chirurgen Starke auch Wieland und Goethe. Dann hat sich das Blatt gewendet, Napoleon ist besiegt. Was tun mit dem Ding? Wieland und Starke haben die Auszeichnung wahrscheinlich in ihrer Schreibtischschublade verschwinden lassen. Goethe zögert. Es komme ihm schäbig vor, einen Orden abzulegen, den man von einem Kaiser verliehen bekam, nur weil dieser eine Schlacht verloren hat, sagt er. Immerhin lagen gerade noch alle auf den Knien vor diesem Kaiser. Humboldt (Wilhelm) schüttelt mitleidig den Kopf. Es ist aber Goethes erster Orden, und er ist stolz darauf. Er beschließt, ihn bei der ersten Mahlzeit anzulegen, zu der er den bei ihm einquartierten Feldzeugmeister Colloredo an seiner Tafel sitzen hat. Bei Colloredo, der gegen Napoleon zu Felde gezogen ist, macht er damit überhaupt keinen guten Eindruck. Das Ding muß runter. Einem preußischen Feldzeugmeister und Sieger muß man sich fügen.

So kommt August zum Kreuz der Ehrenlegion. In seiner Wohnung richtet er ein Zimmer ein, das ausschließlich als Napoleon-Heiligtum dienen soll, und dessen Wände bis zur Decke voll hängen mit Porträts des Kaisers zu Fuß und zu Pferde, mit Abbildungen seiner Waffen und Hüte. Kein Gegenstand in diesem Reliquienschrein, der nicht dem französischen Kaiser gewidmet wäre. Er besitzt ihn in Schwarz-Weiß und in Farbe, in Gold und Stein, in Bronze-, in Flakon-, in Petschaft- und in Medaillenform.
Sein Vater bemüht sich indessen um einen österreichischen Orden.

Intermezzo

Der vierte Aufzug führt
in den Hafen der
Ehe in dem auch
eine große englische
Flotte und einige
kleinere Schiffe
vor Anker liegen

Wie gehts hinein
in die Ehe?
Einfach auf den
Falschen warten
und wenn möglich
Goethe an der
Ackerwand begegnen

Gegen-
wart
Vergangen-
heit
beide behaupten
bin schöner
zu zweit

Der vierte Aufzug droht der
längste zu werden denn

Ehen
auch kurze
dauern
gewöhnlich
ziemlich
lang

Vier

1

Adele:
Willst dich in seine Tatzen begeben das sehe ich wohl glaubst dich an diesen Mann gebunden was aber völlig unerklärlich denn er ist feige und wild und wüst er ist ein Tier ist er und ich will lieber sterben als dich diesem Ungeheuer zum Nachtmahl zu überlassen und zu erleben wie du furchtgeweiteten Auges in den Schlund des Ungetüms hineinspazierst als gäbe es kein rechts und links kein oben und unten

Ottilie:
Aber er hat mir doch versprochen, brav zu sein und sich zähmen zu lassen.

Adele:
Verstehst du denn nicht der Mann ist nicht zu zähmen und schon gar nicht von dir die du ein zahnloses Lämmchen bist

Ottilie:
Ich seh die Gier in seinen Augen, und sie stößt mich ab und sie zieht mich an, bis ich am Ende nicht mehr denken kann.

Adele:
Nimm dich in Acht ich sag es dir zum hundertsten Mal nimm dich in Acht vor diesem Mann
Sie läuft außer sich davon.

Ottilie:
Wenn er sich wenigstens mit dem Rittmeister duelliert hätte und dabei getötet worden wäre, ich hätte seiner mit Rührung gedenken können. So aber ist es für immer wie es ist: Ich liebe Ferdinand Heinke, der mich nicht liebt, aber in einer Sylvesternacht einmal geküßt hat, und es ist ganz ausgeschlossen, daß ich August heirate, den ich verachte und nicht liebe, aber der mir ein bißchen leid tut, weil er so ein kräftiger Jammerlappen ist.
Sie spaziert gedankenverloren an der Ackerwand entlang.
Und ich hätte die Augen so gerne heben wollen! Mich von einem männlichen Geist in schwindelerregende Höhen befördern lassen!
Aber dort kommt ... ich dachte nicht, Sie hier zu treffen, hochverehrter Herr Geheimrat. Ich ging ganz meinen Gedanken überlassen. Mit Freude begleite ich Sie bis in den unteren Garten. Wie schön läuft es sich neben Ihnen durch die Malven-Allee! Wie wird mir wohl in Ihrer Gegenwart! Es ist wie ein Traum, so sagt man wohl und so scheint es mir auch, eben als durchwandere ich an Ihrem Arm zum letzten Mal ein spätes Mädchenhirngespinst. Aus späteren Tagen, aus einem verklärenden Jenseits schaue ich zurück auf diesen Augenblick, an dem ich Sie unverrück-

bar über mir und den Malven am Himmel leuchten sehe.
Dieser Strauß ist für mich? Sie sehen mich über die liebe alte Hand gebeugt, die diese Blumen gebrochen hat.
Ja.
Ja, ich will Ihre Tochter sein und meinen Kopf für immer auf Ihr Knie legen.
Ja, ich will Ihren August heiraten.
Ja, ich will mich zu Ihren Füßen lagern und Ihnen ewig treu bleiben wie einem Traum, der nicht in Erfüllung gegangen ist.
Sie tritt ab.

Chor:
Wir bitten nun den Dichter Jean Paul kurz auf die Erde herunter.

Jean Paul wird von der Decke heruntergelassen:
»Seid mit euren elysischen Träumen zufrieden und begehret ihre Erfüllung und Verkörperung (d. h. Verknöcherung) nicht; denn auf der Erde ist ein erfüllter Traum ohnehin bloß ein wiederholter.«
Er wird wieder in die Höhe gezogen.

2

Chor:
Natürlich haben wir von dieser Ehe abgeraten, weil uns klar war, wie jedem hätte klar sein können, in was für eine Katastrophe eine solche Ehe unfehlbar münden würde, aber es hört ja keiner auf uns, man hält uns für vertrottelte Alte und läßt uns reden. Dabei steht in dieser Verbindung von Anfang an der preußische Premierleutnant Heinke quer. Schon bei der Verlobung gedenkt das Mädchen eines anderen, der für sie nicht mehr zu haben war. Sie legt die Verlobung mit August auf einen 31. Dezember, im Andenken an den 31. 12. 1813, als Heinke ein letztes Mal nach Weimar kam.
August: eine zwischen die Türme Heinke und Goethe in den Festungsgraben gefallene Jammergestalt. Zwei Tage vor der Hochzeit fangen wir ein Gedicht ab, »Die weiße Rose«, das August seiner Verlobten zusammen mit einem Strauß weißer Rosen schickt.

Intermezzo

Die Fäden an denen
die Puppen hängen
spinnt die Zeit.
Sie reichen von der
Vergangenheit in die
Gegenwart und von der
Gegenwart in die
Vergangenheit.

Von Weimar (über
Bettina von Arnim
geborene Brentano und
die spanische Romanze
Rosa blanca
ihres Bruders), vom
Muschelkalkrücken
Ettersberg nach Weimar
und zum Frauenplan
weiter. Dort stehen die
deutschen Klassiker
auf ihrer schwankenden
Himmelsleiter. Zwischen
den Lebenden und den
Toten vibriert die Luft
von Gedankenstimmen.
Die Noch-Lebenden

richten den Blick
hinüber zu den
Schon-lange-Toten.
Zwischen
Gegenwart und
Vergangenheit
ein einziges
Schwirren
und Dröhnen.

Die Fäden an denen
die Puppen hängen
spinnt die Zeit.
Sie reichen von der
Vergangenheit in die
Gegenwart und von der
Gegenwart in die
Vergangenheit.

Chor:
August müßte eigentlich wissen, daß »Die weiße Rose« auch der Titel eines romantischen Märchens ist, in dem Ottilie ihre Liebe – treu bis in den Tod – zu Heinke beschreibt. Wir jedenfalls wissen: Heinke ist von Anfang an als Dritter im Bunde dabei. Jeder Versuch, den Heinke-Helden zur Seite zu drängen, ist zwecklos; auch wird keiner unternommen. Jahrelang liegt er Nacht für Nacht zwischen August und Ottilie im ehelichen Bett.
Die unterschiedlichen Gesinnungen der beiden Brautleute machen das zukünftige Eheglück vollkommen: Ottilie haßt die Franzosen, sie ist eine preußische Patriotin, die durch ihre Neigung zu Heinke nur noch fanatischer geworden ist; August nährt aus verletztem Stolz und Trotz eine unmäßige Liebe zu Napoleon.
Wir wissen weiter oder glauben zu wissen, daß August einem einfacheren Mädchen mit weniger langem Stammbaum vielleicht hätte gefallen können. Für Ottilie von Pogwisch-Henckel von Donnersmarck aber ist der einzige Vorzug des jungen Mannes sein Vater.
Eine Frage aus dem Publikum?

Eine Dame in Gelb:
Können Sie mir erklären, warum August sich ausgerechnet eine Frau aussucht, die ihn verachtet und einen anderen liebt?

Chor:
Wir haben da natürlich unsere Vermutungen. Er wählt sie einmal, weil ihm von Geburt an die Mutter

am Bein hängt und ihn in die Tiefe zieht. Durch die Heirat mit einer von Pogwisch glaubt August, sich aus dem Vulpia-Sumpf retten zu können. Das ist aber kein Sumpf, der einen wieder entläßt, das ist ein Sumpf, der einen langsam verschlingt.

Er wählt sie zum anderen, weil er seine Braut ebenso sehr bewundert wie sie ihn verachtet. Sie ist geistreich, lebhaft, ungezwungen-selbstsicher wie es nur Höhergeborene sind.

Zum dritten wählt er sie, weil sein Vater durch diese Verbindung gar manche gute und angenehme Verhältnisse anknüpfen kann.

Unter diesen Vorzeichen fängt am 17. Juni 1817, nachdem ein letztes Hindernis aus dem Weg geräumt ist, eine wehe Ehe an.

3

Christiane:
Verzeihen Sie bitte, wenn ich störe. Ich bin gebeten worden, an dieser Stelle kurz von meinem Tod zu berichten.
August macht schon eine Weile dem vornehmen Fräulein von Pogwisch den Hof. Sie würde sich gewiß für ihn entscheiden, wenn ich nicht Augusts Mutter und ein gewöhnliches Frauenzimmer wäre. Deshalb ist es besser, daß ich jetzt sterbe. Ich bitte Sie, sich um mich keine Gedanken zu machen, für den Jungen ist es nötig und so sterbe ich gerne.

Es geht mir nicht sehr gut. Es tut weh im Bauch. Meine Gedärme reißen an mir, reißen mich gewaltsam in den Tod. Vielleicht ist es der liebe Gott, der mich straft, weil ich so viel getanzt und gelacht und den Herrn Geheimrat nicht einer Passenderen gelassen, sondern ganz für mich gewollt habe. Und schließlich noch Frau Geheimrat geworden bin.
Ich will nicht in der nassen Erde faulen. Ich will die Birnen reifen sehen, die Trauben dunkeln und die Amseln picken. Ich will tanzen. Ich will in meinem Garten den Spargel stechen. Ich will in der Frühlingsluft eine Spazierfahrt machen. Wenn ich einen Lufthauch an meiner Wange spüre, kann ich nicht sterben.

Es ist lange her. Ich erinnere mich, daß die Eingeweide sich zusammenkrampften, bis sie allein übrig waren und ich nicht mehr um sie herum. Es ist so mühsam gewesen zu sterben. Es hat so schrecklich weh getan. Als ich nicht mehr schreien wollte, hab ich mir die Zunge abgebissen und auf den Boden gespuckt. Ich war noch nicht tot. Mehr weiß ich nicht.

August singt:
Nicht. Nein. Dein Name. Nicht schrein. Vergib mir mein Mütterlein vergib mir nicht schrein. Fällt mir der Reim reinen Wein schenk ich Mütterlein uns ein.

Du sollst nicht sterben du sollst mit mir nicht bleiben scheiden. Worte stechen dich stechen uns mir in den Leib wos wehtut du schreist und ich bin noch lange du schreist.

Bleib allein wart ich leg alle Finger in die Flamme mein liebes mein geliebtes mein über alles Mütterlein. Das ist deine Zunge das zuckt in meiner Hand in meinem Herz.

Meine Mutter. Das zuckt. In meiner Hand. In meinem Herz.

4

Chor:
Also muß man des Todes Bitterkeit vertreiben, lautet ein Bibelspruch, den wir Goethe oft haben zitieren hören. Sechs Wochen nach Christianes Tod läßt er verlauten, es sähe in seinem Haus ganz freundlich aus, und er habe Fundamente zu künftigen Winterunterhaltungen gelegt. Auch trifft er die nötigen Vorkehrungen, damit bald wieder eine Frau ins Haus kommt, die zwar nicht Christianes haushälterische Qualitäten, dafür aber die besten Anlagen zur Salondame besitzt. Zu seinem schwerfälligen Sohn haben wir ihn in diesen Tagen einmal sagen gehört, wenn er Ottilie nicht recht warm halte, wolle er ihr so die Kur machen, daß August Hören und Sehen vergehen solle. Daß ihm zu diesem Zeitpunkt bereits die meisten Vorderzähne fehlen, macht die Drohung zwar ein wenig undeutlich, tut aber dem Selbstvertrauen des Kur-Machers keinen Abbruch. Ein Jahr später sitzen wir am unteren Ende der Tafel und zählen die Hochzeitsgäste: Da sind unter anderem Johanna und Adele Schopenhauer, der Kanzler von Müller, der Maler Meyer, Augusts Onkel der Romanschreiber, der Hof- und Leibmedicus Wilhelm Rehbein, drei Gräfinnen von Egloffstein und natürlich der Vater des Bräutigams, der zur Hochzeit für einen Tag aus Jena herübergekommen ist. Die Familie Henckel von Donnersmarck ist, bis auf die Großmut-

ter, abwesend. Mit ihrem Fernbleiben gibt sie ihre Abscheu vor dieser ihrer nicht würdigen Verbindung zu erkennen. Die Großmutter sitzt mit tiefgekränkter Miene der Gräfin von Beust gegenüber, die Hofdame der Erbprinzessin Maria Pawlowna, also immerhin der Schwester des russischen Kaisers ist. Ihre Tischnachbarn sind der Kammerherr Friedrich-Hildebrand von Einsiedel-Scharfenstein und der Freiherr und Hofmarschall Karl Emil Spiegel von und zu Pickelsheim. Das sind Namen, die wie eine Ritterrüstung um ihren Träger herumstehen und auch leer – sagen wir, von einem Schwachkopf getragen – treu und zuverlässig aufrecht bleiben (ist nicht auf die beiden Herren persönlich gemünzt). August Vulpius heute von Goethe macht sich daneben so nackt aus wie ein frischgeborenes Ferkel. Auffällig ist, auch wenn es außer uns niemandem der Anwesenden auffällt, daß kein einziger der Gäste als ein Freund des Bräutigams bezeichnet werden kann. Die Burschen, mit denen wir ihn gewöhnlich von Wirtshaus zu Wirtshaus ziehen sehen, sind meistens Schauspieler und als solche bei Hochzeitsgesellschaften der vornehmeren Art nicht vorgesehen. Ernst von Schiller, mit dem er in Kinderjahren bisweilen spielte, ist ebenfalls nicht unter den Gästen; auch hat er schon als Knabe gelernt, auf den Vulpius-Sohn herabzuschauen. August spricht dem Rheinwein zu, der Rheinwein spricht August zu, die beiden führen ein inniges, bis in die Dunkelheit fortdauerndes, brüderliches Gespräch.

5

In der Hochzeitsnacht. In der Krone der Eiche, die in einiger Entfernung an der Hinterseite des Goethe'schen Wohnhauses steht, hockt ein ganzes Paparazzi-Völkchen, das seine ellenlangen Teleobjektive auf das Schlafzimmerfenster der Jungvermählten gerichtet hat. Der Blick durch eine der Kameras zeigt:

August, mit leicht gebeugten Knien breitbeinig auf der Türschwelle stehend, hält sich rechts und links am Türrahmen fest. Ottilie, im Hochzeitskleid, steht mitten im Raum und kehrt ihm den Rücken zu. August läßt den Türrahmen los und geht mit dem wackeligen Gang eines Dreijährigen ein paar Schritte auf sie zu, stolpert aber kurz bevor er bei ihr angekommen ist und schlägt der Länge nach auf den Boden. Sie dreht sich um. Nach einer Weile nähert sie sich ihm und versucht, ihm auf die Beine zu helfen, was ihr aber nicht gelingt. Halb von ihr gezogen, halb auf allen Vieren gelangt August bis ans Bett. Mit Ottilies Hilfe streckt er sich darauf aus. Sie bleibt einen Moment lang vor ihm stehen. Die ultrasensiblen Mikrophone des Paparazzi-Trüppchens fangen durch das offene Fenster sein lautes Schnarchen ein. Langsam geht Ottilie ans Fenster.
Zoom auf ihr Gesicht, Scharfstellung des Bildes: Eine feuchte Spur hinterlassend rollen zwei Tränen über ihre Wange.

6

Ottilie liest laut aus einem Brief:
»Die unbegrenzte Liebe, die mich an Sie knüpft, kann sich nicht vergrößern, wohl aber das Glück, zu empfinden, daß auch ich Ihnen lieb bin.« Ja, das ist meine Handschrift. Solche und ähnliche Briefe habe ich ihm oft geschrieben in den ersten Jahren.
Sie wendet sich einer Gruppe vorpubertärer Schüler zu, die zu einer Nachmittagsaufführung ins Theater gekommen sind.
Euch Heutigen, die ihr wahre Begeisterung und Schwärmerei verlernt habt, ist es schwer vorstellbar, wie sehr ich ihn verehrt, wie sehr ich ihn geliebt habe, welche Freude und welchen Stolz ich dabei empfand, seinen Namen zu tragen.
Sie versinkt in Gedanken. Errötend:
Seidenhäschen hat er mich genannt.

Chor:
Ottilies treue, durch nichts zu erschütternde Liebe dauert an bis zu des geliebten Mannes Tod.
Zu den Schülern gewandt: Und? Mal sehn, ob ihr richtig aufgepaßt habt. Wer ist eurer Meinung nach dieser über alles geliebte Mann?

Die Schulklasse, im Chor:
Goethe!

Chor:
Was für ein Goethe?

Die Kinder rufen durcheinander:
Johann –! Der Dichter! der Alte! – Wolfgang! der Vater!

Chor:
Na gut. Diesmal habt ihr richtig geraten. Aber wir wollen sehen, ob ihr die geliebten Männer nicht bald schon durcheinanderbringt!

7

Adele Schopenhauer:
Schon ist die Sache stadtkundig ist das nicht nein das glaub ich nicht das ist doch ihrer unwürdig wie grauenhaft ich bin in einer wahren innern Aufregung und Verzweiflung und um was! ich darf gar nicht an Heinke denken ewige Treue haben wir ihm geschworen und jetzt jetzt hat sie sich mit einem Kunstreiter die beiden sind gesehen worden hat sie sich kompromittiert das ist nicht und der ganze Ort spricht von nichts anderem meine Ottilie das ist nicht mehr zum ich wollt ich wäre tot!

August singt mit leiser Stimme:
Der Vater schickte ihr einen Fisch
der war lang und glatt und
– schlägt mit der Faust auf ein Büffet, daß es klirrt –
silberig.
Nun reitet ein Kunstreiter hin und zurück
und trabt und tänzelt und zertrampelt
– tritt einmal mit aller Kraft gegen die Wand –
mein Glück.
Von der Kunst, da mach ich keinen Gebrauch
aber reiten, bei Gott, das kann ich
– fegt das Geschirr vom Tisch –
auch.

Chor:
Eskortiert von den durchsichtigen Doppeldeckern zweier Libellen zieht der Kunstreiter Batist seine Kreise, bald sitzend, bald aufrecht auf dem breiten Pferderücken stehend, goldene Knöpfe auf der wohlgeformten Brust. Gleichmütig wie ein Schaf, das den Vogel auf seinem Rücken picken läßt, trabt das Tier unter ihm her und tut dem Reiter zu Gefallen, als stecke es fest in der Zange seiner Schenkel und gehorche einem unbezwinglichen Herrn.
Ottilie verliebt sich mit immer derselben staunenswerten Leidenschaftlichkeit. Auf den Kunstreiter Batist folgen mehrheitlich Engländer, angefangen mit Charles Sterling über Charles Des Vœux und einige andere bis hin zum Marquis von Douro, der, wie sein Name nicht sagt, ebenfalls Engländer und Sohn des Herzogs von Wellington ist. Die Weimarer Gesellschaft befördert sie zur »königlich großbritannischen Generalgeliebten«. Auf der Höhe ihrer Leidenschaft für Sterling bricht Ottilie, nicht ohne sich zuvor mit acht neuen Hüten versorgt zu haben, nach Berlin aus und läßt August an seinem Geburtstag und an Weihnachten mit zwei kleinen Kindern allein. Nicht, daß irgendjemand in Weimar für August Sympathien hätte; aber das Betragen von Goethes Schwiegertochter erregt allgemeines Aufsehen, was noch in keiner Kleinstadt ein freundliches Auf-Sehen war. August zeigt Gleichmut oder Klugheit oder Größe und freundet sich in Abwesenheit seiner Frau mit Sterling an. – Zum Publikum: Wie weit Ottilies Schwärmereien gingen, möchten Sie wissen? Sie scheinen uns mit

einem amerikanischen Biografen zu verwechseln, der seine Nase neunhundert Seiten lang in anderer Leute Unterwäsche steckt. Also gut: Wir gehen davon aus, daß der Vater von Ottilies Kindern (bis auf eines, das aber erst nach Augusts Tod in aller Heimlichkeit zur Welt kam und einen uns nicht näher bekannten Engländer mit dem unwahrscheinlichen Namen Captain Story zum Vater hatte) ihr rechtmäßiger Ehemann war. Darauf deutet schon allein die Familienähnlichkeit hin – die allerdings die Möglichkeit offenläßt, daß der Vater der Kinder ihr offizieller Großvater war. Natürlich will das niemand ernsthaft behaupten, wir am allerwenigsten. Ganz ausschließen können wir diese Möglichkeit aber natürlich nicht.

August singt:
Ich liebe
sie sie liebt mich
nicht
bin auch ein
gar zu erbärmlicher
Wicht.

Den Vater liebt sie
und der Engländer
viele
mit allen treibt sie
ihre Spiele.

Sie liebt die gesamte
männliche Welt

bis auf einen
der ihr
nicht gefällt.

Sie hat etwas
man nennt es
Esprit
so arm ich daran bin
so reich ist sie.

Sie ist von einem
helleren Stern
ich wollte sie
hätte mich
wenigstens gern.

8

Chor, dem Publikum zugewandt:
Wir sehen euch nun schon seit geraumer Zeit in diesem Theatersaal wie in einem belebten Grabgewölbe sitzen, umschwirrt von den Fledermausleibern der Toten, der Alten, in der Zeit Versunkenen, wenn auch manche von ihnen mit einer Kinderstimme sprechen. Mißtrauisch betrachtet ihr sie handeln und reden: Das sind doch falsche Tote! sagt ihr, diese Toten waren gewiß noch nie am Leben! Ihr habt recht: Es sind bloß die Luftgebilde der Toten. Die Toten sind tot. In diesen aber ist noch Erinnerung, ist noch Bewußtsein, ist noch schattenhaftes, in keiner festen Form verwahrtes Leben. Wer jedoch nicht wegläuft, soll auch echte Tote zu sehen bekommen.

Bürgermeister Schwabe:
Auf dem Jakobskirchhof, im Kassengewölbe, bekunde ich am 17. September 1826 unter den wegen der starken Vermoderung der hölzernen, übereinandergestapelten Särge auseinandergefallenen und durcheinandergeratenen Gebeinen den Schädel Friedrich Schillers gefunden zu haben. Es erging mir wie ein Jahrzehnt zuvor Chateaubriand, der nach der Ausgrabung ihrer Leiche am verwesten Schädel der Marie-Antoinette das anmutige Lächeln wiedererkannte, das die Enkelin deutscher Cäsaren dem jungen Dichter

einst geschenkt hatte. Um einer trotzdem jederzeit möglichen Verwechslung vorzubeugen, wurde sodann eine unter anderem von Kanzler von Müller und den Herren von Froriep, Huschke und Wieland zusammengesetzte Experten-Kommission gebildet, welche unter Herbeiziehung von Erinnerungen und Porträts sowie des Originalgipsabgusses, den der Bildhauer Clauer vom Leichnam genommen hatte, bestätigte, daß dieser und kein anderer der Schädel Friedrich Schillers war. Auch Herr Geheimrat von Goethe ließ sich eine Reihe von Schädeln vorlegen, um den richtigen aus der Menge herauszufinden. Die Schiller'schen Knochen wurden, bis auf wenige, nicht mehr wieder auffindbare Teile, vorläufig in einem Kasten in der Weimarer Bibliothek deponiert. Es wurde weiter beschlossen, den Schädel nicht mit den restlichen Gebeinen aufzubewahren, sondern ihn feierlich in dem Piedestal der in der Bibliothek aufgestellten Schiller-Büste niederzulegen, damit die zwei Köpfe des Dichters, der sterbliche, der Fäulnis preisgegebene, und seine idealische Nachbildung, an einem Ort zu liegen kämen. (Das Hirn des genialen Mannes hatte man zu wissenschaftlichen Zwecken bereits kurz nach seinem Tod entnommen.) Wir hatten uns die Zeremonie so gedacht, daß Herr Geheimrat von Goethe aus den Händen von Schillers Sohn Ernst den sorgfältig gereinigten Schädel seines einstigen Freundes wie eine wertvolle Vase in Empfang nehmen und, nachdem er einige feierliche Worte gesprochen, an dem vorgesehenen Platz niederlegen sollte. Alles war schon abgesprochen. Aber dann hat der Herr Geheimrat doch nur wieder seinen Sohn vorgeschickt, der den Vater mehr schlecht als recht bei allen ungelegenen oder unangenehmen Feierlichkeiten vertritt.

August an Ernst von Schiller:
»Theurer Freund, mein Vater ist seit gestern über das Bevorstehende so ergriffen, daß ich für seine Gesundheit fürchtete. Heut früh sechs Uhr ließ er mich kommen, um mir mit Thränen zu eröffnen, daß es ihm unmöglich sei, dem heutigen feierlichen Akte selbst beizuwohnen. Ich vertrete ihn daher. Dies war es, was ich Dir sagen wollte. Auf Wiedersehen in 3/4 Stunde. Der Deinige / Goethe.«

Chor:
Die Weimarer Honoratioren, mit Ausnahme des größten unter ihnen, versammeln sich also in der Bibliothek. Reden werden gehalten, Schillers Geist wird beschworen. Sein Schädel ruht auf einem samtenen Kissen und schaut mit leeren Augen zu. Dann nähert sich langsamen Schrittes Schillers Sohn Ernst. Er streckt die Arme aus, nimmt den väterlichen Schädel in beide Hände und macht ein paar Schritte auf August zu.

Ernst von Schiller:
»Ich bin von der hinterbliebenen Familie Schillers beauftragt, Dir, theurer Jugendfreund, als dem stellvertretenden Sohne des vieljährigen und geliebtesten Freundes meines Vaters, dessen verehrtes Haupt zu überreichen, damit Du den gnädigsten Befehl, wel-

chen Se. Königl. Hoheit der Großherzog über die fernere Bestimmung zu erlassen geruhte, ausführen mögest.«

August:
Ich wollte den Schädel ergreifen, aber Ernsts Hände lagen an beiden Seiten, da, wo einst die Ohren waren, so daß ich nicht recht wußte, wo ich hinfassen sollte. Der kostbare Gegenstand durfte mir auf keinen Fall entgleiten, was sage ich, Gegenstand, es war doch viel mehr als ein Gegenstand, eine kostbare Reliquie war es, es war beingewordener Geist, es war der Kopf des großen Schiller, aus dem sich Vers für Vers und Zeile für Zeile seine Dramen, seine Gedichte und seine Abhandlungen herausgewunden hatten. Es war Schiller selbst, den ich zu seiner eigenen Büste trug, Schiller, der mich, als ich Kind war, immer ignoriert hatte. Ich glaube, ich habe meine Sache leidlich gemacht. Gut, daß Schiller das nicht weiß, hab ich gedacht.

9

Chor:
Die Aufgaben, die ihm sonst anvertraut werden, sind meist praktischer Art. Seit langem schon verwaltet er die Finanzen und das Personal des väterlichen Haushalts und führt Verhandlungen mit Verlegern, Handwerkern und Geschäftsleuten. Überall, wo er die ihm übertragene Aufgabe wahrnimmt, also auf des Vaters Vorteil bedacht ist, wird dieser als großer Dichter gerühmt, der Sohn aber als geldgierig und geizig verschrieen. Mit Schillers Hinterbliebenen hat August nicht nur wegen der Schädelumbettung, sondern auch wegen der Herausgabe des Briefwechsels zwischen den beiden Dichterfreunden zu tun. Er ist es, der mit ihnen die äußeren Bedingungen der Veröffentlichung aushandelt und von ihnen der Gewinnsucht verdächtigt wird. Mit dem Verleger Cotta überwirft sich August, als er im Auftrag des Vaters den horrenden Preis von achtzigtausend Talern für die neue Gesamtausgabe herauszuschinden versucht.
Auch die verschwenderische Ottilie beklagt sich über den Geiz ihres Gatten, obwohl er sich ihr gegenüber erwiesenermaßen großzügig erweist und immer bereit ist, für größere Kosten als die vorgesehenen aufzukommen. Oft macht sie sich in Gegenwart anderer Hausgenossen über ihn lustig, indem sie ihn, nach dem Schatzmeister des Sultans Saladin in Lessings

Nathan der Weise, Al-Hafi nennt. Das ist insofern nicht schlecht gewählt, als auch jener Al-Hafi nur die für die tägliche Haushaltung nötigen Summen verwaltet und auf die eigentlichen Besitztümer des Sultans keinen Zugriff hat. Unter anderem ist er für die Almosen zuständig, die der Sultan durch ihn den Bedürftigen verteilt. Er bestimmt ihn für diese Aufgabe, weil er der Ansicht ist, nur ein Bettler wisse, wie Bettlern zu Mute sei. Das also ist August in den Augen seiner Nächsten: Ein Bettler, der vor Bettlern den reichen Mann spielt.

Intermezzo

Und wo bittschön
gehts zur
Wahrheit?
Die bösen Schillers
der böse Goethe
die böse Ottilie
der liebe arme August.
Das kann doch nie
und nimmer die
Wahrheit die
ganze Wahrheit
sein. Die Wahrheit
die ganze Wahrheit
wo liegt denn die?

Die liegt wo
wo du nicht bist
wo sonst nichts ist
als sie.

Drum Mensch
mit der halben
mit einem Viertel
einem Achtel
einem Strähnchen
Wahrheit lerne dich
bescheiden
denn die ganze
kriegst du nie

10

Hofmedicus Rehbein zu der bettlägerigen Ottilie, deren Stirn, Nase und Oberlippe mit weißen Pflastern überklebt sind:
Denken Sie nur, liebe Frau Kammerrätin, wie dieser Sturz hätte ausgehen können, wenn das Pferd Sie nur wenige Zoll weiter bis über den Felsvorsprung geworfen hätte. Sie können froh sein, daß Sie noch leben! Wie konnten Sie nur so unvorsichtig sein!

Ottilie, mit vom Verband gedämpfter Stimme:
Ich wollte, ich wäre unvorsichtiger gewesen! Dann hätte ich endlich Ruhe gefunden. Soll es denn für mich gar keine Ruhe geben?

Hofmedicus Rehbein:
Nehmen Sie hiervon zehn Tropfen, liebe Frau Kammerrätin, und heute abend noch einmal zehn. Eine andere Ruhe kann Ihnen nur der Friede mit sich selbst und mit Ihren Hausgenossen geben. Die Wunden werden in wenigen Wochen geheilt sein, aber sie werden Narben hinterlassen. Das Nasenbein ist gebrochen und wird schwerlich wieder geradezurücken sein. Ob das Knie wieder ganz herzustellen ist, wird sich erst später zeigen.

Ottilie:
Keine Ruhe, keine Ruhe.
Ich werde entstellt bleiben für den Rest meiner Tage.

Vors Haus werde ich nicht mehr gehen. Damit die Leute mich begaffen! Ich werde mich in einen stillen Winkel zurückziehen und niemanden mehr sehen. Aber wo ich auch hingehe, es wird keine Ruhe geben für mich.

Hofmedicus Rehbein:
Sie sollten nicht so viel sprechen, verehrte Frau Kammerrätin. Und rühren Sie mir vor allem die Pflaster nicht an, die sind für eine gute Heilung nötig.
Geht ab.

August, der die ganze Zeit über im Hintergrund stand:
Ja. So oder so ähnlich wars.
Als der Arzt draußen war, bin ich zu dir hingegangen und habe deine Hand gedrückt, aber meine Zuwendung war dir lästig, du wolltest alleine sein und hast mich rausgeschickt. Du hattest Schmerzen.
Ich erinnere mich, daß du mich kurz angeschaut hast unter den Pflastern wie hinter einer verklebten Fensterscheibe, und daß du wie tot aussahst in dem grünen Vorhanglicht.
Ich schämte mich für das, was mir durch den Kopf ging, und natürlich sagte ichs dir nicht. Ich dachte: Nun, da sie entstellt ist für immer, werde ich sie vielleicht endlich für mich alleine haben. Es war ein häßlicher Gedanke, aber er gab mir für kurze Zeit neue Hoffnung, und heute, so viele Jahre später, verberge ich ihn nicht.

Ottilie:
Charles? Charles? Sind Sie es?

11

Es ist kurz vor Tisch. August ist im Eßzimmer allein, geht auf und ab mit einem Glas in der Hand. Nach einer Weile wendet er sich zum Publikum.

August:
Machen Sie nicht so ein skeptisches Gesicht! Ich versuche, der zu sein, der ich war, aber ein bißchen Nachsicht und Gutgläubigkeit müssen Sie schon aufbringen. Jahrhunderte trennen mich von mir. Wenn es nicht geht, dann geht es eben nicht.
Nach einer Weile: Warum starren Sie mich so an? Sie schauen gerade so als hätten Sie mir etwas vorzuwerfen. Ich war ein guter Gatte, habe meiner Frau nie etwas abgeschlagen und über alle ihre Launen und Liebschaften hinweggesehen. Ich war ein guter Sohn, habe immer ordentlich und weit über das gewöhnliche Maß hinaus meinen Sohnesdienst versehen.
Er macht eine ärgerliche Handbewegung.
Warum sollte ich ausgerechnet vor Ihnen über irgendwelche häßlichen Gedanken oder gar über mein ganzes häßliches Leben Rechenschaft ablegen?

Das Publikum schaut ihn an. Der eine oder andere hüstelt leise.

August, mit scharfer Stimme:
Ich kenne Sie. Ich kenne jeden dieser Blicke noch von damals. Ihre ganze Aufmerksamkeit, ihr ganzes Interesse gilt nicht mir, August, sondern Goethes Sohn.
Er brüllt: Ich bin Ich! Ich! Ich! Schauen Sie mich an!
Leise: Sie haben recht. Es gibt mich gar nicht. Alles, was ich bin, alles, was ich leide, leide nicht ich, sondern Goethes Sohn.
Noch leiser: Man hätte mir keinen Namen geben brauchen. Ich wäre gut auch ohne zurechtgekommen.
Fast unhörbar: Man hätte mir keine Stimme geben brauchen. Ich habe mich mit meiner Stimme nicht verständlich machen können.
Er geht zum Fenster und schaut hinunter in den Garten.
Soll ich Ihnen verraten, was ich dort unten sehe?
Stille.
Ich sehe meinen Vater durch den Garten gehen. Meine Kinder laufen zu ihm, um ihn zu Tisch zu holen. Sie toben um ihn herum, sie umschlingen ihn, sie spielen, sie jubeln. Er freut sich an ihren Sprüngen und Späßen, legt Walter, dem Ältesten, die Hand auf den Schopf, beugt sich zu Wölfchen, dem Jüngeren hinunter und läßt sich von ihm einen Marienkäfer zeigen, den er gerade gefangen hat.
Es ist ein schönes Bild, es würde Ihnen gefallen. Wenn die Fotografie schon erfunden wäre, würde ich es fotografieren.
Er wendet sich ruckartig wieder dem Publikum zu, starrt schwer atmend und mit verkniffenen Lippen in die Scheinwerfer.

Ich weiß, was Sie denken. Sie denken: Der Mann ist krank. Vor lauter Eifersucht kann er sich noch nicht einmal an dem harmlosen Bild des mit seinen Enkeln spielenden Großvaters erfreuen.
Er schreit: Und Sie haben recht!
Ruhiger: Ich bin krank.
Laut: Niemand kann von mir sagen, daß ich meinen Vater nicht liebe und ehre.
Leiser: Er hat mir alles genommen: meine Frau, oder was die Engländer und die Amerikaner und die Iren und die Schotten von ihr übriggelassen haben, meine Kinder, die ganz vernarrt in ihren Großvater sind, meine Zeit, mein Leben. – Ich weiß, was Sie denken. Sie denken: Das meiste davon hat er ihm doch auch gegeben.
Er schreit: Und Sie haben recht!
Leise: Der Herr hats gegeben, der Herr hats genommen.
Geht wieder zum Fenster und sieht hinaus.

12

Chor:
Auf die vierzig zugehend oder zustürzend, also fast schon tot, gewinnt August doch noch einen Freund. Dieser Mann, der Schauspieler und Rezitator Karl von Holtei, ist der einzige Mensch, der fernab von ihm und auch nach seinem Tod nur freundlich über ihn spricht. Im Frühjahr 1827, kurz nach seiner Ankunft in Weimar, wird Karl von Holtei von einem gewissen Professor Wolff in einem Biergarten August von Goethe vorgestellt.

Karl von Holtei:
Sie sehen mich hoch erfreut, einem Abkömmling des herrlichen Goethe zu begegnen.

August lacht kurz auf:
Sie sehen mich hoch erfreut, Ihnen als Goethes Sohn den herrlichen Tag zu verregnen.

Karl von Holtei wirft einen Blick zu Professor Wolff, räuspert sich:
Darf ich fragen, wie sich der Herr Vater befindet und ob er dieser Tage Besuch empfängt?

August:
Ich muß klagen übers väterliche Gesinde, das dieser Tage gar nicht ans Türe-Öffnen denkt.

Karl von Holtei, seinen Ärger unterdrückend:
Wie ich sehe, machen Sie gerne Spaß.

August schlägt ihm fest mit der Hand auf die Schulter: Wie ich sehe, sind Sie nicht aus Glas. – Verzeihung, das Reimen überkommt mich manchmal. Zu mehr als dummen Scherzen langt es bei dem Abkömmling allerdings nicht. Als solcher bin ich natürlich jederzeit abkömmlich, Sie verstehen …
Er verbeugt 156,986 sich leicht und geht ab. Karl von Holtei schaut ihm kopfschüttelnd nach.

13

Karl von Holtei:
Nach dieser ersten Begegnung war meine Meinung über den jungen Goethe gefaßt: Ich hielt ihn für einen widerwärtigen, groben, äußerst unfreundlichen Burschen. Als ich ihn wieder in Gesellschaft traf, versuchte er sich mir zu nähern, aber ich hatte genug von seinen plumpen Scherzen und wich ihm aus, worauf er vollends kalt und abweisend mir gegenüber wurde, mit lauter Stimme unanständige Witze erzählte und in jeder Hinsicht abstoßend und unflätig war.
Dann kam jener Abend, an dem ich aus dem Faust vortragen sollte. Als ich in den Saal kam, sah ich August unter den Zuhörern sitzen und auf seine stumpfe Art vor sich hin blicken. Nachdem ich geendet hatte, sprang er auf mich zu und küßte und umarmte mich, was ich befremdet über mich ergehen ließ. Noch nie habe er beim Zuhören so viel neues Verständnis gewonnen. Aller Sarkasmus, alle Bitterkeit, alle Rohheit waren von ihm abgefallen, und er stand wie geläutert, als ein offener, warmherziger, schwärmerischer Mensch vor mir da.
Ich betrachtete diese Verwandlung zunächst mit einiger Skepsis, aber allmählich verblaßte das häßliche Gesicht, das er mir anfangs gezeigt hatte, und ich fand mich einem ungeheuer anhänglichen und gutmütigen, ja, zutraulichen Menschen gegenüber. Ein paar

Verse aus dem Faust waren der Schlüssel gewesen zu diesem mißtrauischen und verschlossenen Mann. Langsam freundeten wir uns an, auch wenn die Heftigkeit seiner Gefühle mir oft Angst machten: Der Tod tobte ihm schon in den Adern; seine Heiterkeit war wild und erzwungen, sein Ernst düster und schwer, seine Wehmut herzzerreißend.

August singt:
Sie sollen glauben ich sei dumm
bring neugeborne Katzen um.
Sie sollen glauben ich sei grob
scheiß auf ihr Urteil auf ihr Lob.

Soll ich für sie den Dichter spielen?
Für sie den kleinen Goethe mimen?
Da gröl ich rülps ich lieber rum
ein Viech da ists nicht schade drum.

Ich laufe weg mit meinen Beinen
steh an der Ilm und werf mit Steinen
werf einen Stein in mich hinab
der prallt erst auf in meinem Grab.

14

Chor:
Im Jenaer Armenhaus haben wir heute den Diener Krause besucht, der in Goethes letzten Lebensjahren im Dienste des Hauses stand. Herr Krause, schön, daß Sie uns empfangen konnten.

Diener Krause: –

Chor:
Wir möchten Sie zu einem Vorfall befragen, der im Sommer 1829 stattgefunden hat. Können Sie sich an diesen Sommer noch erinnern, Herr Krause?

Diener Krause: –

Chor:
Es waren außer Ihnen noch Kanzler von Müller, der Herr Geheimrat und sein Sohn zugegen. Die Herren haben gestritten, entsinnen Sie sich?

Diener Krause: –

Chor:
Zuerst sind Kanzler von Müller und der junge Goethe aneinandergeraten. Es ging um eine Neuaufteilung der Zuständigkeiten für den Botanischen Garten, die

Sternwarte und die vier naturwissenschaftlichen Kabinette in Jena. August von Goethe, der schon reichlich mit den verschiedenen großherzoglichen Anstalten für Kunst und Wissenschaft zu tun hatte, und zudem noch die väterlichen Münz-, Fossilien-, Mineralien- und Kunstblätter-Sammlungen sowie den Haushalt verwaltete, sollte zusätzliche Verantwortung aufgebürdet bekommen. Das ist Ihnen doch noch erinnerlich?

Diener Krause: –

Chor:
Das Gespräch zwischen ihm und Kanzler von Müller wurde immer lauter und heftiger, bis der alte Goethe zwischen die beiden Streitenden trat und ihnen Ruhe gebat. Dann wies er seinem Sohn, wie Sie wohl noch wissen, die Tür.

Diener Krause: –

Chor:
Der junge Goethe schrie daraufhin, er habe nun schon vierzig Jahre den Mund gehalten, er wisse, was er zu tun habe und lasse sich nichts sagen. Dann ging er wütend hinaus und warf mit lautem Knall die Tür hinter sich zu. Am nächsten Tag sind Sie mit Ihrem Herrn für vier Wochen ins Gartenhaus gezogen. Sie haben dort fast einen Monat lang mit ihm alleine gelebt. Der Herr Geheimrat ist sehr böse mit seinem Sohn gewesen, wenn Sie sich entsinnen mögen. Erst als die Köchin vom Frauenplan herüberkam und ihn im Namen

seines Sohnes um Verzeihung bat, hat er sich erweichen lassen und ist wieder in sein Haus zurückgekehrt. – In diesen vier Wochen redete das ganze Städtchen von nichts anderem, als daß der Sohn seinen Vater brutal aus seinem eigenen Haus geworfen und dieser klaglos in dem schon seit Jahren unbewohnten Gartenhaus Schutz gefunden habe. Wir waren uns alle darüber einig, daß Goethe sich in diesem Sohn einen Vatermörder herangezogen hatte, dem es nur darum zu tun war, so bald als möglich das väterliche Erbe anzutreten. Natürlich hat er sich in diesen ganzen vier Wochen nicht einmal im Gartenhaus blicken lassen. Er hat den alten Mann einfach mit Ihnen alleine gelassen. Sollte er sehen, wie er zurande kommt! Aber der alte Herr kam sehr gut zurande und ging einfach seinen gewohnten Lektüren und Studien nach. Daß es ihm an nichts fehlte in seinem Gartenhaus-Exil, ist natürlich auch Ihnen zu verdanken, lieber Herr Krause. Herr Krause, Sie haben uns sehr geholfen. Wir danken Ihnen für dieses Gespräch.
Der Chor tritt ab.

Diener Krause:
Blöde Schwätzer.
Zum Publikum: Soll ich Ihnen sagen, wies wirklich war? Der Junge ist jeden Abend heimlich zu mir herausgeschlichen und hat gefragt, wies seinem Vater geht. Der hat ja seinen Vater angebetet. Immer hat er allerlei mitgebracht, was dem Vater schmecken oder gefallen könnte, Bücher, Drucke, Leckerbissen. Er sah schlecht aus. Er hatte zu viel getrunken. Schon gleich

zu Anfang hat er versucht, den Alten wieder zu versöhnen, aber der tat, als sei er bitterböse, während er doch in Wirklichkeit nur froh war, noch einmal, wie als junger Mann, allein im Gartenhaus zu leben. Der Bub hat mir leid getan. Da war er nun einmal in seinem Leben ein bißchen aufmüpfig gewesen! Die Leute haben ihn gemieden. Er hat mir leid getan, und er hat mir Angst gemacht.

15

August, in einem Anfall von Raserei, Ottilie und die Kinder flüchten gleich zu Beginn in ein anderes Zimmer:
Ein Lied ohne Ende das
weiß ich selbst damit
könnt ihr mich jagen! Hier!
Hier ist noch eine Faustvoll Leben die
schlag ich durch die Mauer durch den
Tisch Schaut her!
schlag ich sie durch und
wer mich anschaut der
und wer mich anfaßt der
ich sag euch was
was ich konnte hab ich getan habs
leid habs satt habs nicht so gemeint hab
mich dümmer gestellt als ich war
ob das mal nötig war
aber jetzt ist Schluß hab
mich genug geplagt
Hier!
Er zieht an einer Schublade
Der Duckstein
der fette Flinz
der Mehlbatz
die Natterzungen
der Davidschleuderstein!

Er wirft die Steine nacheinander in die Ecke
Sagt ihrs mir soll ich aufs rechte
oder aufs linke Auge zielen?
Noch lauter: Warum antwortet mir keiner?
Leiser: Ich muß fort
Ich kann nicht mehr

Chor:
Am 22. April 1830 bricht August zu einer Italien-Reise auf. Nachdem der desolate Zustand seines Sohnes schließlich nicht mehr zu übersehen ist, hat Goethe, obwohl ihm Augusts Unterstützung in vieler Hinsicht unentbehrlich scheint, in der schwachen Hoffnung, sie möge ihm Zerstreuung und womöglich sogar Genesung bringen, der Reise zugestimmt. Denn August ist krank. Er leidet unter schmerzlichen Nierenkoliken. Und er leidet seit seiner Kindheit unter immer ärgeren Seelenkoliken. Um auf ihn aufzupassen und ihn, wenn nicht vom Trinken abzuhalten, so doch mäßigend auf ihn einzuwirken, wird unser alter Freund Eckermann zu seinem Begleiter bestimmt.

Intermezzo

Wie komm ich
in den Tod? Wie
kommt der Tod
in mich? Wie der
Igel in der Fabel
ist er schon da
ich noch nicht.

Das kommt so:
Er kennt das Stück.
Flötet in Arkadien
liegt auf der faulen
Haut im Schnee.
Er kann warten
das ist sein Glück.

Der Aufzug kommt
wir steigen ein
fahrn geradewegs
in den Tod hinein.

Fünf

1

Chor:
August ist einundvierzig Jahre alt. Es ist seine erste größere Reise und seine erste längere Trennung vom Vater und von der Familie. Jetzt, da er seine erste und letzte große Reise antritt, ist er ein Wrack, aufgedunsen vom Wein und von üppigen Speisen, aufgerieben von den Anforderungen der Tage und vom Alp der Nächte, schwermütig und jähzornig, maßlos und sanft. Weil wir ihm jeden Tag begegnen, erkennen wir ihn wieder.
Als er um acht Uhr morgens in die Schnellpost steigt, die ihn und Eckermann zunächst nach Frankfurt bringen soll, ist außer uns und einem Diener, der das Gepäck einlädt, niemand zugegen. August schleppt sich zur Kutsche wie ein alter Mann, gekrümmt vor Leibschmerzen und Abschiedskummer. Der Himmel lichtet sich. Er sieht uns nicht.
Das Gespann setzt sich mit einem Ruck in Bewegung. Was von nun an mit August geschieht, wird uns von anderen überbracht. Der Wagen biegt um die Ecke. Wir haben August von Goethe zum letzten Mal gesehen.

2

August schreibt in einem Zimmer im ersten Stock des Gasthofs Zum weißen Schwane in Frankfurt, am Fenster sitzend, einen Brief an seinen Freund Karl von Holtei:

Mein lieber Karl,

denk dir, hier in Frankfurt, wo wir gestern abend ankamen und unsre wundgeschüttelten Hinterteile noch bis Montag schonen wollen, wohn ich in derselben Stube, die ich vor fünfunddreißig Jahren mit meiner Mutter teilte, als der Vater uns zur Großmutter mitnahm. Ich war sechs Jahre alt, aber ich entsinne mich gut, war es doch das erste Mal, daß ich von Weimar weg war, und weder die Mutter noch ich hatten je in einem Wirtshaus genächtigt. Der Vater schlief bei der Großmutter im Hirschgraben, denn die Eltern waren ja zu dieser Zeit noch lange nicht verheiratet und eigentlich hätten wir gar nicht da sein sollen, und die Mutter war so über alle Maßen aufgeregt, als wir die Großmutter besuchen sollten, daran erinnere ich mich noch genau. Wir hatten beide große Angst, als gings nicht zur Großmutter, sondern zum Großinquisitor persönlich, aber das war schon bald vorbei, denn die Großmutter war die gütigste Frau der Welt und hat uns empfangen, trotzdem sie gerade erst erfahren hatte, daß es uns gibt, als gehörten wir zur Familie. Die Mutter war so froh hinterher, so froh, das kann sich niemand vorstellen, der sie in diesen Momenten nicht gesehen hat. Entschuldige, lieber Karl, wenn ich Dir mit dem alten Kram komme statt Dir von der Reise zu erzählen, aber kaum war ich hier, lag die Mutter wieder neben dem kleinen Buben, der ich nicht mehr bin im Bett, und in der Stube hat sich so wenig verändert wie in meinem Herzen, in dem für immer also für nicht mehr lange die Mutter und die Großmutter schlafen. Die Mutter und die Großmutter haben sich gut verstanden, darüber war ich erleichtert und glücklich, denn ich dachte, wenn die Großmutter nein sagt und was ist das denn für ein dummes Ding, wird der Vater uns vielleicht nicht behalten, aber da war natürlich keine Gefahr, das ist bloß, was man sich einbildet als Kind, ganz stocksteif stand ich vor der Großmutter und rührte mich nicht und faßte nichts an, damit sie nicht denken sollte, ich sei ein frecher Bub und ein Rabauke und nicht wert, dem Vater sein Sohn zu sein. Wie lange ist das her!

Er überfliegt den Brief noch einmal, knüllt dann das Blatt zusammen und wirft es fort.

3

In der Brera in Mailand.
Eckermann:
Herr Kammerrat, kommen Sie sich dieses Wunderwerk von Mantegna ansehen, auf dem der liegende Christus zu sehen ist. Ist es nicht ganz einzigartig, wie der Künstler mit der Perspektive umzugehen versteht? Hat man je etwas Derartiges gesehen?

August nähert sich dem Bild und bleibt betrachtend davor stehen:
Gewiß. Merkwürdig ist es schon. Der Christus ist ganz zusammengestaucht, sieht aus, als hätt ihn jemand zwischen zwei Preßplatten gespannt. Nein, erfreulich ists nicht anzuschaun, da können Sie sagen was Sie wollen.

Eckermann:
Aber hören Sie, das ist etwas Großartiges wie jedermann weiß, nicht umsonst besitzt ihr hochverehrter Herr Vater ein Kupfer davon.

August:
Das weiß ich schon. Aber schauen Sie doch mal diese riesigen Fußsohlen an, das ist doch monströs für einen Gottessohn.

Eckermann:
Jetzt hören Sie, Ihr hochgeschätzter Vater wird wohl wissen, was von künstlerischem Wert ist und was nicht! Aber wenn Sies wie immer lieber mit Ihrem praktischen Sinn sehen wollen: Das Ergebnis von so viel künstlerischer Freiheit und tollkühner Perspektive ist immerhin eine ungeheure Ersparnis an Leinwand oder Papier, haben Sie das schon bedacht?

August:
Das hatte ich noch nicht bedacht, in der Tat. Wenn wir zurückkommen, werde ich meinem hochgeschätzten Vater vorschlagen, Ihnen die gleiche Behandlung angedeihen zu lassen. Zum Kubus geschrumpft würden Sie auch besser in die Kutsche passen.

Eckermann:
Das ist doch … Ist das nicht … Wenn Ihr Herr Vater wüßte, was Sie sich mit mir erlauben!
Er läuft davon.

4

Chor, am Frauenplan unter einer Linde sitzend:
Zuhause geht derweilen alles seinen gewohnten Lauf. Selten haben wir Ottilie so unbeschwert erlebt wie seit Augusts Abreise, auch befleißigt sie sich nach wie vor grenzenloser Angelsachsen. Aber etwas bekümmert sie weiterhin, das haben wir ihr angemerkt und deshalb unsere Altweimarer Nasen in einen Brief gesteckt, den sie ihrer alten Freundin Adele schickt. Dort steht geschrieben: »Nur Augusts Rückkehr droht mir wie eine unheilbringende Wolke ... Wenn ich mir denke, daß ich August nicht wiedersehen könnte, so empfinde ich auch nicht die leiseste Bewegung.« – Aber wer kommt denn da gelaufen? Wohin so eilig, kleiner Mann? Kennst Du uns denn nicht mehr? Du bist doch das Wölfchen?

Wölfchen:
Ich kenn euch schon.

Chor:
So? Das ist schön. Und was hast Du denn da für ein hübsches Halstüchlein um?

Wölfchen:
Das hat der Vater aus Italien geschickt. Der Walter hat auch eins bekommen.

Chor:
Ja sieh mal einer an! Was hat er denn sonst noch alles geschickt?

Wölfchen:
Für Alma, das ist unsre kleine Schwester, war ein Kleidchen drin und für die Mutter Noten und ein Strauß weiße Rosen die waren aus Seide und sind extra aus Mailand zum 17. Juni hergesandt damit sie an den Tag denken soll an dem sie geheiratet haben und für den Opapa da waren die meisten Sachen drin. Kupferstiche und viele neue alte Münzen und Medaillen die der Opapa noch nicht hatte und ein Stück Lazis Lapuli

Chor:
Lapis Lazuli?

Wölfchen:
Ja und eine Streitaxt war auch drin.

Chor:
Eine Streitaxt?

Wölfchen:
Ja. Die ist alt und aus einem besonderen Stein der heißt Talk.

Chor:
Ah so. Na du bist aber ein feiner Junge. Nun lauf schon.
Der Junge rennt weg.

Ein Jammer, wenn man denkt, was später aus ihm geworden ist: ein ängstlicher, völlig verschüchterter, nervenkranker Mann, für den jeder Tag seines Lebens ein Todestag des Großvaters war. Schaut ihn euch an: Da springt er herum.

5

Chor:
Wir haben nun von einem Telefongespräch zu berichten, das, wäre das Telefon bereits erfunden gewesen, zwischen dem verdienstvollen Eckermann und seiner nicht minder verdienstvollen Verlobten Johanna Bertram stattgefunden hätte oder jedenfalls hätte stattfinden können. Johanna Bertram ist eine der geduldigsten Verlobten der Literaturgeschichte, in der sie eine Nebennebenrolle innehat. Mehr in Goethe als in Johanna verliebt, zögert Eckermann die Heirat über zwölf Jahre hinaus. So geht Johannas Jugend dahin. Wir bitten deshalb um Ihr Verständnis, wenn sie manchmal etwas mürrisch wirkt.

Johanna Bertram:
Du sagst, besondere Umstände hätten dich gezwungen, diese Reise anzutreten. Darf man denn fragen, was das für besondere Umstände sind? Du hast Wichtigeres zu tun als einen Trinker vom Trinken abzuhalten. Hieß es nicht gerade noch, deine Anwesenheit in Weimar und deine Mithilfe bei verschiedenen höchst wichtigen Angelegenheiten seien unverzichtbar?

Eckermann:
Du mußt bedenken, meine Liebe, wie zuträglich eine solche Reise meiner Bildung und weiteren Entfaltung

sein wird. Es hat sich mir jetzt eine Gelegenheit dazu geboten, die sich wohl schwerlich wieder finden wird. Daran, den jungen Goethe vom Trinken abzuhalten, ist nicht zu denken. Ebenso gut könnte man sich bemühen, eine Kuh am Wiederkäuen zu hindern. Also gehe ich oft meiner Wege und versuche, mir ein Bild von Land und Leuten zu machen. Der junge Goethe plagt sich den halben Tag damit ab, für den Vater lange Berichte und Tagebücher anzufertigen, und kommt gar nicht dazu, die Reise ordentlich zu genießen. Ich hingegen, du glaubst gar nicht, wie viel ich schon gesehen habe! Von der großen Stadt Venedig zum Beispiel könnte ich dir viel erzählen, allein ich wüßte nicht, wo ich anfangen und wo ich endigen sollte, so viel wäre zu sagen. Willst du aber mich auf meiner Reise begleiten, so nimm eine gute Reisebeschreibung von Italien und lies über alle die Städte nach wohin du weißt, daß ich gehe.

Johanna Bertram:
Ich freue mich, daß du dich instruierst. Wenn Du dem jungen Goethe aber zu rein gar nichts nütze bist, so wäre es doch wohl das Beste, du ließest ihn alleine weiterziehen. Sein Vater hat deine Reisekosten auch deshalb übernommen, weil er von dir eine mäßigende Wirkung auf den Sohn erhoffte. Solltest du diese nicht haben, so hält dich nichts mehr und du kannst ebenso gut nach Hause kommen.

Eckermann:
So einfach wie du dir das vorstellst liegen die Dinge leider nicht, gutes Kind. Ein Mann wie Goethe hat mich mit seinem Vertrauen beschenkt und mir eine wichtige Aufgabe anvertraut! Ich trage Verantwortung. Zudem ist mir diese Reise von mancherlei Nutzen, und wir werden überall mit offenen Armen empfangen, sein Name schließt dem jungen Goethe alle Türen auf, man läßt ihm alles Gute zukommen, was man gerne dem Vater angedeihen lassen möchte, und ich habe manchen Nutzen davon. Wir werden geradezu gefeiert, wohin wir auch kommen. Ich sage dir, unter besseren Bedingungen kann man nicht reisen.

Johanna Bertram:
Aber man kann unter besseren Bedingungen zu Hause bleiben. Du hast mir geschrieben, es sei ein Glück für die Familie, wenn der junge Goethe nicht zurückkehrte. Für mich aber wäre es ein Glück, wenn wenigstens du bald zurückkehrtest und endlich eine Familie gründetest.

Eckermann:
Zuerst muß ich diese Reise noch abschließen, das wirst du verstehen. Heute abend wird übrigens der Barbier von Sevilla im hiesigen Theater gegeben und morgen haben wir eine Bootsfahrt vor.

6

August:
Sowies die Alpen abwärts ging, gings mit mir aufwärts. Ich stürmte durchs zurecht gelobte Land und warf den großen Eiger und das finstere Aarhorn ab, die auf meiner Lunge und auf meinem Rücken gelastet hatten. Anfang Juni legte unsre Gondel am Canal Grande an. Ich stand vorm Meer und dachte Jetzt seh ich zum ersten Mal das Meer, ich stand vor San Marco und dachte Jetzt seh ich zum ersten Mal San Marco. Es war wie auf den Bildern, nur daß es kein Bild sondern lebendig und rund um mich herum und ich darinnen war.
Dann kam Fronleichnam. Aus der Kirche trug man den Leib des Herrn und auch ich wurde aufgehoben von Zehntausenden und durch die Gassen getragen. Eckermann hatte ich verloren. Ich rief mehrmals nach ihm, doch in allen Ohren knallten die Musketensalven und donnerten die Kanonen und niemand konnte niemanden hören. Durch das Gewimmel schritten feierlich die Geistlichen mit ihren Heiligen und mit gewaltigen Kerzen unter bunten Baldachinen. Ich dachte an Zuhause, und es war mir plötzlich unerklärlich, wie ich hierher geraten und wie aus dem Nacheinander dieser langen Reise, aus dem Sich-Wegbewegen über unzählige Etappen keine getrennten Welten, sondern eine mir nicht vorstellbare Gleichzeitigkeit von Zuhause und Fremde entstanden war.

Ich war allein, eingezwängt in eine Masse menschlicher Gestalten, deren Aussehen und Gesten und Mimik mir fremd und unheimlich waren, und die sich weitab von meinen Grübeleien an der Sonne, an dem Festtag, an dem lärmenden Spektakel ihrer selbst erfreuten.

In meinem Kopf wurde es still; meine Angst ging unter in dem Tosen, das mich umgab. Ich war allein, so allein wie ich nie gewesen war und nie wieder sein würde, alle Stricke waren gerissen, alles Klagen und Hoffen hatte mich verlassen. Eine junge Frau mit aschblonden Locken lächelte mir zu, ich lächelte auch und wogte weiter auf dem Meer der Unbekannten, eingehüllt in einen Schutzmantel unverständlicher Stimmen, ohne Name, ohne Sehnsüchte, ohne Muttersprache noch Vaterland, und bei jeder Salve erhoben sich Tausende von Tauben und füllten den Himmel über dem Platz mit ihrem mühelosen Durcheinander und mit dem Rauschen ihres Flügelschlags. Ich hatte vergessen, daß es in meinem Leben je etwas anderes als diesen Augenblick gab.

7

August:
In Genua traf ich einen, sagen wir den Haupt-Liebhaber meiner Frau, dessen Vater hier britischer Konsul war. – Verzeihen Sie, wenn ich Sie mit dieser Kennzeichnung verletzt habe, lieber Sterling, aber Sie wußten sicher ebenso gut wie ich, daß Sie in Ottilies großem Herzen nicht alleine wohnen konnten. Daß Sie sie liebten, konnte ich Ihnen nicht übelnehmen, ebensowenig, daß Sie vor ihrem exaltierten Wesen davongelaufen waren. Überhaupt war mir die Eifersucht, die mich früher oft quälte, im Laufe der Jahre abhanden gekommen, und da Ottilie nach wie vor eine heftige Neigung für Sie verspürte und mein Vater Sie ebenfalls sehr schätzte, so sah ich ein, daß Sie ein außergewöhnlicher Mensch sein mußten, und wir knüpften unsere alte Freundschaft wieder an.

Charles Sterling:
Da Sie sich mir gegenüber derart aufrichtig zeigen, will ich Ihnen meinerseits nicht verschweigen, daß Ottilie Ihre Abwesenheit genutzt hat, um den Briefwechsel mit mir, den Sie ihr verboten hatten, wieder aufzunehmen.

August:
Das dachte ich mir. Wissen Sie noch, wie wir an Bord der amerikanischen Fregatte waren und uns von einem Offizier das Schiff zeigen ließen? Auf dem Schiff herrschte eine bewundernswerte Ordnung. Ich war bester Laune. Ich war in Italien. Mit Ihnen konnte man trinken und reden. Ich konnte Ihnen unmöglich wegen ein paar Briefen übelwollen.

Charles Sterling:
Sie haben mir damals gestanden, daß Sie Ihrerseits bisher fast ohne Nachricht von Zuhause waren. Sie sprachen dann eigentümlicherweise von der Ordnung, in der Sie Ihre Angelegenheiten daheim zurückgelassen hatten, von der Möglichkeit, daß Sie noch in Italien sterben könnten.

August:
Ich glaube, ich sagte sogar in einem Anfall von Selbstmitleid: Mein armer Vater wird dann meine Kinder haben, die viel besser als ich beschaffen sind, ihm Freude zu machen; sie werden auch das Glück ihrer Mutter machen. Ich werde keinem Menschen fehlen.

8

In der Albergo delle Quattro Nazioni in Genua.

August, mit schwerer Zunge:
Lassen Sie mich in Ruhe, Eckermann, ich trinke so viel ich will. Wenn mich jemand daran hindern könnte, dann wäre es der Herrgott, aber gewiß kein Herr Eckermann.

Eckermann:
Wer immer strebend sich bemüht, den wollen wir erlösen. Sie aber bemühen sich gar nicht erst. Sie glauben, die Erlösung käme auch so.

August:
Sie kommt auch so.

Eckermann:
Der Helden Söhne werden Taugenichtse, sagt schon der Lenardo im Wilhelm Meister. Wollen Sie wirklich dazu das Exempel geben?

August:
Ich will weder dazu noch zu sonstwas das Exempel geben, sondern meinen Wein austrinken und meine Ruhe haben.

Eckermann:
Wie können Sie einem solchen Vater solche Schande machen? Wissen Sie denn nicht, was Sie ihm schuldig sind? Allen Gewalten Zum Trutz sich erhalten, Nimmer sich beugen, Kräftig sich zeigen: Das ist es, was Sie beherzigen sollten.

August:
Sagen Sie, Eckermann, wie wärs, wenn Sie sich um Ihre eigenen Angelegenheiten kümmerten? Halt ich Ihnen eine Predigt, wenn ich Sie den Mädchen nachlaufen seh, und die zukünftige Eckerfrau sitzt daheim und grämt sich und wird nicht jünger?

Eckermann:
Ihr hochverehrter Vater hat mich beauftragt, Ihnen bei allen Unbilden der Reise beizustehen, über Sie zu wachen und Sie in Ihrer Trinksucht zu mäßigen: Edel sei der Mensch, hilfreich und gut! Aber ich habe mich ihm gegenüber nicht verpflichtet, mir Ihre Unverschämtheiten anzuhören.

August:
Gestatten Sie, lieber Eckermann, daß ich Sie in Zukunft Wagner nenne, nicht nach dem Komponisten, der ja erst noch einer werden muß, sondern nach Fausts Gehilfen. Den Schlafrock und die Nachtmütze dazu haben Sie ja schon.

Eckermann:
Das ist das letzte Mal, daß ich mir Ihre Beleidigungen gefallen lasse. Ich reise ab! Sehen Sie zu, wie Sie bis Rom ohne mich fertigwerden!
Im Abgehen: Die Kunst ist lang, und kurz ist unser Leben, lerne nur das Glück ergreifen, denn das Glück ist immer da, Du mußt steigen oder sinken, Du mußt herrschen und gewinnen, oder dienen und verlieren, leiden oder triumphieren; Amboß oder Hammer sein.

Intermezzo

Und wie komm ich
in einen andern
Kopf? – Gar nicht.
– Und wenn ich
aber doch will? – Dann
hilft nur die Nase in
fremde Papiere stecken
Manteltaschen rumdrehn
in Gesichts- und Schrift-
und Kontoauszügen lesen.
– Schon geschehn.
– Näher gehts nicht ran.
Lass es sein. – Ich will nicht
ran ich will rein. Ich bin
klein mein Herz ist rein
darf ich kurz in den Kopf da
rein? – Nein.

Augusts Schädel ist
hart läßt niemanden
ein. Bin dreimal zu ihm
hingesprungen hab meine
Arme durch die Jahr-
hunderte gestreckt
seinen Schatten zu
umschlingen. Konnt

ihn nicht halten. Ist
dreimal entschwebt ist
dreimal entflohen und
doch stehn wir einer
vorm andern und
können uns sehn. Und
die Flamme die sein
Fleisch verzehrte
frißt sich langsam
durch das Holz der Jahre.

Ich rufe: August!
und er kann mich
hören und ich möchte
von ihm etwas erfahren.

9

Florenz, im Hotel Suisse, am Morgen des 28. August 1830

August:
Her mit den Nelken und den Oleanderzweigen, her mit der Myrthe und den Rosen. Her mit Thymian und Rosmarin, Salbei und Lavendel: Nach euch soll es duften. Die Pfirsiche mit der pelzigen Haut in eine flache Schale; von den Feigen die grünen und die auberginenblauen. Auf den irdenen Teller die lichtgetränkten Trauben und einen Granatapfel und Birnen und eine Melone.
Heute ist ein heiliger Tag: Vor einundachtzig Jahren wurde der Vater geboren. Es ist sieben Uhr in der Frühe und alles ist so weit, die Feier beginnt, im festlichen Kleid stehen die Gratulanten um sein Bett und haben Blumen in der Hand und Glückwunschverse auf den Lippen. Das ganze Städtchen ist auf den Beinen. Her mit dem Burgunder! Her mit den kristallenen Gläsern! Durchs Fenster scheint die Morgensonne in meinen blühenden Garten. Ich stehe auf und stoße mit mir an, lasse hell die Geburtstagsglocken läuten. Er steht auf und hebt die zwei Gläser.

Singt:
Lieber Vater ich wünsche Dir
lauter freundliche Tiere
eine Taube und ein Lamm
und zwei drei Tapire.

Einen Frühling wünsch ich Dir
mitten drin im Winter
Alle Hirsche stehn Spalier
und ich steh dahinter.

Wünsch dir einen milden Hauch
ein Wieseneck mit Mohn
wünsch dir alles was ich kann
auch einen andren Sohn.

Lieber Vater lebe lang
leb noch tausend Jahre
Dann sei jemand andres dran
dich trag man zur Bahre.

Auf der Bahre fahre ich
bald an dir vorbei
Lieber Vater sei nicht bös
mein Leben bricht entzwei.

10

Chor:
Mit einigen Wochen Verspätung dringt zu uns nach Weimar die Kunde, August sei in Neapel angelangt und habe mit der Unterstützung des Berliner Malers Zahn dafür gesorgt, daß eines der neuausgegrabenen Häuser in Pompei fortan den Namen Casa Goethe trage. (Sonst haben dort nur noch der Kaiser von Österreich und der König von Preußen ein Haus mit ihrem Namen.) Es war das erste Mal seit seiner Geburt, daß wir in Weimar lobend von dem jungen Goethe sprachen.
Pompei ist eine Unterwelt, die Eintritt kostet. Mit angewinkelten Knien, wie im Mutterschoß, liegen dort die Toten seit Jahrtausenden in ihren Lavabetten, während die Lebenden es sich in ihren Villen bequem machen, sich an ihren Bildern erfreuen und ihre Badewannen schrubben. Von damals aus betrachtet, ist August in Pompei noch am Leben, von heute aus betrachtet, ein Toter unter Toten. Wir waren nicht dabei, mehr können wir nicht sagen.

Zahn:
Aber ich war dabei, und ich kann Ihnen versichern, daß der junge Goethe für einen Halbtoten eine ganz schöne Bewegung in das tote Pompei brachte. Denn um die Toten lange um sich ertragen zu können, braucht es

viel Heiterkeit und beachtliche Mengen Wein, von denen man letztere in verschiedenen Schenken Pompeis für billiges Geld bekommen kann. Der junge Goethe hatte einen Dudelsackpfeifer dabei, den er in einer der Kneipen aufspielen ließ, nicht ohne vorher fünfundzwanzig Flaschen Wein für die gesamte Gesellschaft geordert zu haben, die auch gleich zu tanzen und zu singen begann. Innerhalb kürzester Zeit flogen die leeren Flaschen über die Köpfe der Trinkenden und zerschellten an der Wand. Ich hatte ein schwarzäugiges Mädchen auf dem Schoß, der junge Goethe tanzte eine wilde Tarantella und nun hebt sich der Schenkel, nun wackelt das Bein, ein dicker Mönch grölt obszöne Lieder und man wirbelt einen Fieberkranken, der sich nicht auf den Beinen halten kann, durch den Saal. Wäre der Vesuv in diesem Augenblick ausgebrochen, so hätte man in späteren Jahrhunderten einen Begriff von der Heiterkeit der Toten bekommen.

11

August, auf einer Barke:
Neapel schmiegt sich in seine Bucht hinein und verstummt allmählich und entfernt sich, wie sich Genua entfernt hat und Verona und Mailand und Venedig. Weimar liegt auf dem Meeresgrund, durch den Frauenplan schwärmen die Fische, wehen die Algen. Meine Kinder, meine Kleinen, wo lauft ihr hin, wo seid ihr? Wo ist Ottilie? Wo die Mutter, wo der Vater? Ich bin allein in meiner Barke. Kommt und trinkt mit mir aus diesem Himmel, diesem Meer!
Was ich sehe, kann ich nicht beschreiben. Ich bin kein Dichter: in meine Feder fließt kein Meer. Ich wollte, ihr würdet neben mir auf diesem Spiegel schaukeln, doch ihr seid ohne mich zufrieden und nicht hier.

Eine weiße Wolke:
Im Himmel bin ich aufgetürmt,
zu deiner Freude, deinem Glück.
Ich bin der Schwamm, der deine Stirne kühlt,
das Kissen, das in deinem Nacken quillt
und das sich treiben läßt im Wind.

Eine Welle:
Ich bin da, lieber August,
dich zu trösten, dich zu wiegen.
Du bist einsam; so schau mich an:

Zwischen Millionen meinesgleichen
muß ich ohne mich merklich
über die andern zu erheben
mein ganzes Leben
von Ufer zu Ufer ziehn.
Um dein Alleinsein könnt ich
dich beneiden: Mich halten die
Schwestern ringsum an ihren
silbrigen Händen und ziehn mich
sachte an einen anderen Ort. Sei
froh: Heute nehmen wir dich in
unsere Mitte und umspielen
dein Leid und
deine hölzerne Barke
und umtanzen sie
und spülen sie fort.

Eine Möwe:
Dir das Lachen beizubringen
schweb ich eine Weile über dir.
Du glaubst, du habest nichts zu lachen?
Zwar weiß ich nicht wies geht
aber ich kann dir sagen:
Man braucht zum Lachen
nichts zu lachen zu haben.
Lach ich, weil die Luft so warm ist?
Lach ich, weil das Wasser kühl ist?
Wenn ich fliege, wenn ich tauche,
hat mein Lachen keinen Grund.

Die Sonne:
Ich bin weit fort und bin ganz nah
auf deiner Haut sind wir ein Paar
kannst mich nicht fangen, mich nicht haschen
kannst nur von meinem Honig naschen.
In meinen Armen schlafe ein
will Mutter dir und Liebste sein.

12

Chor:
Wenn ich zwölf Söhne hätte, sagte Goethe einmal zu uns, so schickte ich jeden an einen anderen Ort, um an meinem eigenen Fleisch und Bein zu erfahren, wie es überall aussieht, wobei er vergaß, daß er einige davon auch gut zu Hause hätte brauchen können. Wie wir wissen, hat er nur einen, dieser aber sammelt Eindrücke und Auskünfte für zwölf, die er in seinem Reisetagebuch notiert und regelmäßig nach Weimar schickt, wo sie mit mäßigem Interesse gelesen und herumgereicht werden. Auf diesem Weg erfahren wir, daß August von Goethe sich dem Ziel seiner Reise nähert. Kaum in Rom angelangt, beschließt er, die Stadt schon wieder zu verlassen, um zunächst einmal, die letzten sonnigen Herbsttage nutzend, die Umgebung zu erkunden, und zwar in Gesellschaft zweier Deutscher, Friedrich Preller und August Kestner. Von diesen beiden erfahren wir, daß er sich stundenlang durch die Brombeerhecken der Villa Hadrian kämpft, zu dem Wasserfallgetöse Tivolis hinabsteigt, in die Neptun-Grotte kriecht, abends mit Kestner und Preller vergnügt zusammensitzt, daß er am nächsten Tag mit den beiden Freunden nach Albano fährt, wo sie im Hause der berühmten Schönheit Vittoria absteigen, daß er über Kopfschmerzen klagt, sich aber weigert, die Anhöhe auf dem Rücken eines Esels zu erklim-

men und den anderen mühsam zu Fuß folgt, daß er am nächsten Morgen trotz seiner Beschwerden unbedingt nach Frascati weiterfahren will, dort im Garten der Villa Piccolomini eine Flasche Wein leert und in der Nacht, zurück in Rom, unter immer heftigeren Schmerzen und Fieber leidet, woraufhin der Dottor Riccardi gerufen wird, der ein harmloses Scharlachfieber diagnostiziert. Wir wissen schließlich, daß sich sein Zustand nach Aderlaß und Verabreichung mehrerer Heilmittel am nächsten Tag bessert und trotzdem in der darauffolgenden Nacht Preller und der Maler Meyer aus Dresden bei ihm wachen.

August:
Als ich den Maulwurf fing, war es auch so heiß, ich band ihm einen Bindfaden ums Bein, damit er nicht wegkonnte, aber er grub sich immer wieder ein und ich mußte ihn an dem Bindfaden wieder aus dem Loch zerren, wo er schon ganz verschwunden war, das dünne Bein kam zuerst zum Vorschein, dann der kleine haarige Leib, am Schluß hab ich ihn totgeschlagen weil ich nicht wußte, was weiter mit ihm anfangen und ihn nicht laufen lassen wollte. Auch ein Eichhörnchen hab ich besessen, und einen lebendigen Habicht, das Eichhörnchen war an einer Kette festgemacht und am Morgen war es verschwunden, ja verschwunden sind sie sind verschwunden, jene kurzen jene schönen Stunden, vielleicht hätte ich es sonst auch totgeschlagen, und nachher habe ich geweint, als der Maulwurf blutig vor mir lag, aber ich wollte doch nicht, daß er wegläuft und er war –

Friedrich Preller:
Sie sollten nicht so viel sprechen, lieber Freund. Ruhen Sie sich aus.

August:
Ich werde bald Zeit genug haben mich auszuruhen.
Friedrich Preller: Sie haben ein leichtes Scharlachfieber, hat der Dottore gesagt. Sie müssen nur ruhig sein und alle Anordnungen des Arztes befolgen.

August:
Jawohl, alle Anordnungen befolgen, alle Befehle ausführen, hab ich mein ganzes Leben getan und sterbe noch brav nach der Anordnung, alle Wünsche werden erfüllt und von den Lippen abgelesen.
Dulde mich, Jupiter, hier, in Rom, dulde den Sohn als Stellvertreter in des Dichters Grab, und du, Hermes, führe mich später, nein, führe mich morgen schon an Cestius' Mal vorbei und leise zum Orcus hinab, mir ist heiß und ich bin müde und nicht bös drum zu sterben. Soll der Vater noch lange, lange weiterleben, aber Sie müssen nicht glauben daß, nein, dem Vater danke ich, sagen Sie ihm das, von ganzem oder meinethalben gebrochenem Herzen danke ich ihm, aber die schwarzäugige Vittoria hätt ich gerne noch einmal gesehen und den Golf von Neapel worin Capri liegt, das alles und die Pfirsiche und die Aprikosen, wie gerne hätte ich meinem Wolf und meinem Walter die Früchte zu kosten gegeben, die bei ihnen nicht richtig gedeihen und nach Norden schmecken.

Friedrich Preller:
Sie werden von allen Früchten bald wieder essen können, wenn Sie sich nur beruhigen und wieder niederlegen wollten.

August:
Ich werde mich niederlegen, ich werde aufhören zu reden und zu denken. Ich werde von unbekannten Früchten essen. Ihr werdet meinen Vater benachrichtigen und das muß sehr vorsichtig geschehen, auf keinen Fall darf er unvermittelt von meinem Tod erfahren, sondern ihr müßt die Wahrheit andeuten, in mehreren behutsamen Anläufen umschreiben, er weiß in welchem Zustand ich wegfuhr, er wird jede Andeutung verstehen. Es ist heiß in meinen Adern, glühend heiß, die Wasserfälle von Tivoli möchte ich austrinken, vielleicht hab ich bereits angefangen in der Hölle zu schmoren? Ich bin schon lange tot, aber mein Kopf schmerzt entsetzlich und wird platzen und mich noch einmal sterben lassen.
Es ist unheimlich zu sehen, wie die Toten sterben. Sie haben vergessen wie es war, zu sterben, ganz wie die Lebenden die Schmerzen vergessen, die sie einmal litten, ganz wie die Mütter vergessen, wie es ihnen bei jeder Geburt den Leib auseinanderriß, ganz wie die Liebenden den Schmerz vergessen, der ihnen das Herz spaltete und in der Magengrube pochte. Die Erinnerungen verblassen. Der Tod geht weiter.

Friedrich Preller:
Was wollen Sie mit den Toten, Sie sind hier, ein Lebender unter Lebenden, und Sie werden bald wieder genesen.

August:
Die Toten sind nicht stumm, aber sie können nur im Traum oder durch den Mund der Lebenden reden. In Tivoli habe ich ein Ammonshorn gefunden, die erste Versteinerung, seit ich in Italien bin, die müssen Sie unbedingt dem Vater schicken oder übergeben.

Friedrich Preller:
Sie werden sie ihm selbst übergeben.

August:
Ich werde sie ihm selbst übergeben.
Nach einer Pause: In mir brennts. Ich bin am Ende. Mein Lauf ist aus.
Nach einer weiteren Pause: Es sind Tausende gestorben, es sind Millionen gestorben, manche haben geschrien, manche haben geklagt oder geschwiegen, und sie sind gestorben und in der Erde verfault und niemand, außer vielleicht der Herrgott, hat je wieder von ihnen gehört. Heute nacht treibts mich zu ihnen, zu den vielen, vielen, die seit es Menschen gibt gestorben sind, sie stehen da oder sie liegen, und heute nacht bin ich es, der hinunterfällt in dieses Massengrab ohne Horizont. Die Mutter soll kommen. Mutter, steh mir bei.

Christiane singt aus dem Hintergrund:
Mein kleiner Bub mein sterbender mein Kind
du brauchst nicht weinen weil wir sterblich sind.
Schau ich bin lange tot und bin noch nicht vergangen
Hab über Jahr und Tag in deinem Kopf gehangen.

Bin deine Mutter bist aus mir gekrochen
hab dich gewindelt habe dich gerochen
nun streck ich meine toten Hände aus
segne dein Sterben klopf dir die Kleider aus

Ich weiß nicht bin ich oben oder unten
hab ich den Tod hat mich der Tod erfunden?
Die Stimmen kommen nicht hier an
Nur wer uns liebt der reicht an uns heran.

August:
Das ist die Mutter, Preller, die da singt, hören Sie die Mutter singen? Wer wird sich nun um ihre letzte Ruhestätte kümmern? –
Wer ist das? Kenn ich diesen Herrn?

Matthias Claudius tritt an Augusts Bett:
»Ach, es ist so dunkel in des Todes Kammer,
Tönt so traurig, wenn er sich bewegt
Und nun aufhebt seinen schweren Hammer
Und die Stunde schlägt.«
Er wendet sich langsam um und geht wieder hinaus.

August:
Die Glocke schlägt

eins: pünktlich
wie die Turmuhr
kippe ich ins Grab zurück.

Für die Dauer
dieses Trauerspiels
von Mitternacht
bis Schlag ein Uhr

durfte ich singen
träumen und mich regen.
Diese eine Stunde ist den
Toten, was den Lebenden

das Leben: ein kurzes
Erwachen aus einer langen
starren Nacht; ein fieberhaftes
Suchen, und keiner weiß, wonach.

13

Julie von Egloffstein:
»Daß ich die unten benannten Effekte aus dem Nachlaß des den 27. Oktober 1830 zu Rom verstorbenen Herrn Baron August von Goethe, von Herrn Plattner, königlich-sächsischem Agenten empfangen habe, wird hiermit von mir bescheinigt, Rom, 15. Mai 1832.

1) Eine Brieftasche mit Schere und anderen Instrumenten.
2) Ein Fernglas.
3) Ein Tubus mit messingenen Beschlägen.
4) Ein silberner Becher.
5) Zwei einfache goldene Ringe.
6) Ein Korkzieher.
7) Eine gelblederne Brieftasche.
8) Eine Tabaksdose von gelbem Holz.
9) Ein goldener Siegelring.
10) Ein messingenes Petschaft.
11) Eine Brieftasche von rotem Saffian mit Instrumenten.
12) Ein Einschlagmesser mit Korkzieher.
13) Ein Federmesser mit der Inschrift Charles Sterling.
14) Ein Portefeuille von grünem Leder mit Schriften.
15) Eine Nadelbüchse von gelbem Holz.
16) Zwei Albastertafeln.

17) Ein Felleisen.
18) Eine Reisetasche.
19) Zwei Reiseflaschen.
20) Ein Rasierzeug.
21) Eine Kupferplatte zu Visitkarten mit 50 Abdrücken.
22) Ein Paar Stiefelhaken.
23) Ein Feuerzeug.
24) Nouveau dictionnaire de Poche.
25) Schul- und Reisetaschenbuch der ital. u. dt. Sprache
26) Neugebauer, Handbuch f. Reisende in Italien
27) Goethes Gedichte, Erster Teil.
28) Karte von Italien von Zizzi Zannoni.
29) Pianta Topografica di Roma moderna estratta dalla grande del Nolli.
30) Nuova Raccolta delle più interessanti Vedute di Roma e sue vicinanze.
31) Catalogo dei Monumenti Egiziani che formano la raccolta di Demetrio Papandriopulo.«

14

Chor:
Wir bitten Kanzler von Müller und Goethes alten Freund Zelter, uns kurz zu berichten, wie der Dichter die Nachricht vom Tode seine Sohnes aufnahm.

Kanzler von Müller:
Sie können leicht ermessen, welche bittere Aufgabe es für mich war, solche Schreckenskunde dem ehrwürdigen Vater beizubringen. Doch er empfing sie mit großer Fassung und Ergebung. »Non ignoravi, me mortalem genuisse!« (Ich war mir wohl bewußt, einen Sterblichen gezeugt zu haben!) rief er aus, als seine Augen sich mit Tränen füllten.

Zelter:
Gestern erhielt ich einen Brief von Goethe, in dem er mir zum Tode seines Sohnes schrieb: »Das eigentliche Wunderliche und Bedeutende dieser Prüfung ist, daß ich alle Lasten, die ich zunächst, ja mit dem neuen Jahre abzustreifen und einem jünger Lebigen zu übertragen glaubte, nunmehr selbst fortzuschleppen und sogar schwieriger weiter zu tragen habe.«

Epilog

Mi scusi, wo gehts bitte
zum protestantischen Friedhof
an der Cestius-Pyramide?
Immer geradeaus bis zur
Porta San Paolo.
Und wer ist dieser
Cestius? Ein römischer
Tribun mit Vornamen
Caius. Und was macht der
mit einer Pyramide? Er
liegt darunter. Man
nennt das Mausoleum.
Und wann ist sie
errichtet? Na Sie fragen
einem ja Löcher in den
Bauch warten Sie mal
ich glaube sie wurde
gebaut unter Kaiser
Augustus.